U0534737

汉译世界文学名著丛书

聂鲁达诗选

〔智利〕巴勃罗·聂鲁达 著

赵振江 译

商务印书馆
The Commercial Press

Pablo Neruda
PABLO NERUDA POESIA (I II)
EDITORIAL NOGUER, 1974
根据诺格尔出版社 1974 年版
《巴勃罗·聂鲁达诗集》译出

汉译世界文学名著丛书
出版说明

1902年,我馆筹组编译所之初,即广邀名家,如梁启超、林纾等,翻译出版外国文学名著,风靡一时;其后策划多种文学翻译系列丛书,如"说部丛书""林译小说丛书""世界文学名著""英汉对照名家小说选"等,接踵刊行,影响甚巨。从此,文学翻译成为我馆不可或缺的出版方向,百余年来,未尝间断。2021年,正值"汉译世界学术名著丛书"出版40周年之际,我馆规划出版"汉译世界文学名著丛书",赓续传统,立足当下,面向未来,为读者系统提供世界文学佳作。

本丛书的出版主旨,大凡有三:一是不论作品所出的民族、区域、国家、语言,不论体裁所属之诗歌、小说、戏剧、散文、传记,只要是历史上确有定评的经典,皆在本丛书收录之列,力求名作无遗,诸体皆备;二是不论译者的背景、资历、出身、年龄,只要其翻译质量合乎我馆要求,皆在本丛书收录之列,力求译笔精当,抉发文心;三是不论需要何种付出,我馆必以一贯之定力与努力,长期经营,积以时日,力求成就一套完整呈现世界文学经典全貌的汉译精品丛书。我们衷心期待各界朋友推荐佳作,携稿来归,批评指教,共襄盛举。

商务印书馆编辑部

2021年8月

高山意志,大海情怀
——聂鲁达的生平与创作

> 义务和爱情
> 是我的两只翅膀
> ——巴勃罗·聂鲁达

聂鲁达,多么动听而又熟悉的名字,然而它的译音并不准确,准确的译音应该是内鲁达(Neruda);但诗人自己很喜欢这个"聂"字,因为他说自己有三只耳朵,其中一只专门用来倾听大海。诗人的确有着大海一样的胸怀,大海一样的情感,大海一样的气魄。至于他为什么叫聂鲁达,按照诗人自己的说法,是为了瞒过父亲,因为后者不愿意自己的儿子成为诗人,于是他便从一本杂志上找到这个捷克人的名字,那时他十四岁。

聂鲁达原名叫内夫塔利·里卡多·雷耶斯·巴索阿尔托,1904年7月12日出生在智利中部的帕拉尔城,此地盛产葡萄酒,他的祖辈即以种植葡萄和酿酒为生。1906年他家迁居智利南部的特木科镇;父亲是一名铁路工人,母亲在他刚刚满月时就去世了,幸好他有一位慈祥的继母。

聂鲁达在特木科读中学时便开始写作。1917年7月他在特木科的《晨报》上发表了一篇题为《热情与恒心》的文章，署名内夫塔利·雷耶斯，这是诗人第一次发表作品。从此以后，他不断使用不同的笔名在家乡和首都的学生刊物上发表习作。1919年玛乌莱省举办诗歌比赛，他的诗《理想夜曲》获三等奖。从1920年起，他正式使用巴勃罗·聂鲁达作为自己的笔名。1921年3月，聂鲁达离开家乡到圣地亚哥教育学院学习法语。不久，他的诗《节日之歌》在智利学生联合会主办的诗歌比赛中获一等奖。1923年他出版了第一部诗集《晚霞》，第二年他的成名作《二十首情诗和一支绝望的歌》问世，引起智利文学界的瞩目，奠定了他在智利诗坛的地位。紧接着他又发表了诗集《奇男子的尝试》、《戒指》（1926）和小说《居民及其希望》（1926）。

聂鲁达于1927年步入外交界，先后任智利驻仰光、科伦坡、雅加达、新加坡、布宜诺斯艾利斯、巴塞罗那、马德里和墨西哥城的领事或总领事。这期间的主要诗作是《大地上的居所》。

1936年6月，西班牙内战爆发。聂鲁达坚定地站在西班牙人民一边，参加了保卫共和国的战斗。正是由于这个原因，智利政府要他离职。诗人怀着极大的愤怒与痛苦回到了自己的祖国。1937年他发表了不朽的诗篇《西班牙在心中》。然后他又奔走于巴黎和拉美之间，呼吁各国人民声援西班牙人民的反法西斯斗争。

1939年3月他被智利政府任命为驻巴黎领事，专门负责处理西班牙移民事务，他竭尽全力营救集中营里的共和国战士，使数以千计的西班牙难民来到拉丁美洲。反法西斯战争的洗礼改变了聂鲁达的诗风。他决定将更多的精力放在诗歌创作上。1940年8

月他到墨西哥城任总领事，并访问了美国、危地马拉、巴拿马、哥伦比亚、秘鲁等许多国家，写下了许多著名的诗篇。在此期间，第二次世界大战正在进行，英勇的苏联人民正在与法西斯浴血奋战。聂鲁达到处演说，呼吁人们援助苏联人民的卫国战争。《献给斯大林格勒的情歌》和《献给斯大林格勒的新情歌》就是这个时期的作品。

1943年11月，聂鲁达回到圣地亚哥。他在黑岛买下了一处别墅，在那里着手创作《漫歌》。

1945年在聂鲁达的一生中是难忘的一年：他当选为国会议员，获得了智利国家文学奖，并于同年加入了智利共产党。这时候，聂鲁达既感到兴奋和骄傲，又感到忧虑与失望。在巨大的硝石和铜矿区，成千上万没有进过学校、没有鞋子穿的劳苦大众投他的票，然而与此同时，那些衣着华丽的达官贵人却在灯红酒绿中消磨醉生梦死的时光。他经常在荒凉地区最穷苦人家的茅屋里过夜，给他们朗诵自己的诗作，听他们诉说苦难和希望。这样的经历和感受在他当时的诗歌创作上留下了鲜明的烙印。

1946年智利共产党被宣布为非法组织，大批的共产党人被投入监狱。聂鲁达不得不中止《漫歌》的创作。他的住宅被放火焚烧，他本人遭到反动政府的通缉，被迫转入地下，辗转在人民中间。在此期间，他创作了长诗《1948年纪事》并最终完成了《漫歌》。

1949年2月他离开了智利，经阿根廷去苏联，并到巴黎参加了世界和平大会。他到过欧美和亚洲的许多国家，积极参加保卫和平运动。1950年他获得列宁国际和平奖金。1951至1952年，他暂居意大利，在此期间曾来中国访问①。1952年8月智利政府撤销了对他的通缉令，人民以盛大的集会和游行欢迎他的归来。回国后，他过了几年比较安定的生活，除参加国际文化活动之外，专心从事创作，完成了《元素的颂歌》(1954)、《元素的新颂歌》(1956)和《颂歌第三集》(1957)。1957年他当选为智利作家协会主席。同年再次来华访问。

此后，国际政治形势的巨变使聂鲁达陷入困惑和苦闷，但是对于一个"历尽沧桑"的诗人，希望之光是不会泯灭的。1969年9月，他接受了智利共产党总统候选人的提名。他在回忆录中说："每个地方都要求我去。成百成千的普通人，男男女女都紧紧地拥抱我、吻我并哭泣，他们把我感动了。圣地亚哥郊外贫民区的人、科金波的矿工、来自沙漠的铜矿工人、怀抱婴儿等候多时的农村妇女，从比奥比奥河流域到麦哲伦海峡对岸那些受到冷漠的穷人，在滂沱大雨中，在大街小巷的泥泞里，在冷得使人发抖的南风中，我向他们讲话或朗诵我的诗。"这次竞选只是促成人民联盟各党派合作的战略。当人民联盟推举阿连德为共同候选人之后，聂鲁达立即退出竞选，支持阿连德直至取得最后胜利。

六十年代末以来，聂鲁达的诗作有《出海与返航》(1959)、《爱情十四行诗一百首》(1959)、《智利的岩石》(1961)、《典礼之歌》(1961)、《全权》(1962)、《黑岛纪事》(1964)、《鸟的艺术》(1966)、《沙滩上的房屋》(1966)、《船歌》(1967)、《白昼之

---

① 聂鲁达曾于1951年在北京应邀参加新中国国庆节观礼。——译注（本书凡未特别注明者，皆为译注）

手》(1968)、《世界末日》(1969)、《依然》(1969)、《燃烧的剑》(1970)、《天空的石头》(1970)、《海啸》(1970)、《无用地理学》(1972)、《分离的玫瑰》(1972)以及政治诗《处死尼克松和赞美智利革命》(1973)等。

1971年4月他被阿连德政府任命为驻法国大使,同年10月获诺贝尔文学奖。1973年9月11日智利发生军事政变,阿连德总统以身殉职。同年9月23日,聂鲁达与世长辞。

在聂鲁达逝世以后,人们又出版了他的诗集《海与钟》《冬天的花园》《黄色的心》《2000年》《疑难集》《挽歌》《挑眼集》以及回忆录《我坦言我曾历尽沧桑》、散文集《我命该出世》等。1980年,西班牙巴塞罗那还出版了他少年时代的诗文集《看不见的河流》。

聂鲁达出生于一个工人家庭,低下的社会地位,贫困的童年生活,幼年丧母和父亲外出,造就了诗人沉默内敛、善于思考的性格以及对大自然和外部世界的关注与向往。聂鲁达与巴列霍[①]一样,他们都是外省人。但是后者出生在一个保留着传统和宗教道德观念的家庭里,而聂鲁达的童年却是在智利南部边境地区的开拓者中间度过的,这些劳动群众大多不信教。因此,巴列霍的诗歌反抗传统,肢解语言,力图打破童年时期所接受的古老神话,而聂鲁达的诗歌则是大自然力量的直接表现:"那里的大自然使我如醉如痴,十来岁时,我已经是个诗人了。我不写诗,但是小鸟、

[①] 塞萨尔·巴列霍(César Vallejo,1892—1938),秘鲁诗人,被认为是二十世纪诗歌创新的伟大先驱。

甲虫和石鸡卵吸引着我。"

聂鲁达十六岁时来到圣地亚哥。在寄宿公寓和咖啡馆里度过的孤苦岁月给他的心灵留下了创伤，这或许是他成为诗人的另一个原因吧。

聂鲁达的第一部诗集《晚霞》作于1920至1923年，这是模仿性的作品。他的成名作《二十首情诗和一支绝望的歌》出版时他还不满二十岁。在创作这些诗篇的时候，他刚刚从外省来到首都。爱情抚慰了他孤独的心灵，焕发了他磅礴的诗兴。爱情和大自然是聂鲁达早期诗歌的创作源泉。正如诗人1957年访华时，在北京的一次演讲会上所说："……首先，诗人应该写爱情诗。如果一个诗人不写男女间的恋爱，就是一个很奇怪的诗人，因为人类的男女结合是世间非常美好的事情。如果一个诗人不写祖国的大地、天空和海洋，那他也是一个很奇怪的诗人，因为诗人应该向别人揭示事物和人的本质、天性。"毫无疑问，爱情和大自然是贯穿《二十首情诗和一支绝望的歌》的两个主题。这些作品自然，流畅，节奏鲜明，将朴实无华的语言与鲜明生动的形象融为一体，尤其受到青年读者的喜爱，成为世界诗坛发行量最多的诗集之一。后来许多青年诗人都以他为楷模，遗憾的是"画虎类犬"者居多。

人们不禁会问，这些情诗究竟是写给谁的呢？女主人公是谁呢？据聂鲁达的密友鲍罗迪亚·泰特波姆[①]为诗人写的传记《聂鲁

[①] 鲍罗迪亚·泰特波姆（Volodia Teiteboim，1916—2008），智利政治家，是聂鲁达的政治伙伴，两人交往长达四十年。

达》，这些情诗大多是献给两位少女的。诗人分别称她们为玛丽索尔（即"大海阳光"）和玛丽松布拉（即"大海阴影"）。玛丽索尔是一位名叫黛蕾莎·莱昂的姑娘。她深邃的眼睛像广阔的星空。1920年春天，黛蕾莎当选特木科的春光皇后，十六岁的诗人写诗向她祝贺，并发表在当地的报纸上。从此，两人开始了一段纯真而又动人的恋情。普遍认为二十首情诗中的第3、4、7、8、11、12、14、17以及那支《绝望的歌》都是写给这位纯真、开朗、快乐的少女的。但是最终，他们还是分手了。这不仅因为从特木科到圣地亚哥，需要坐一天一夜的火车，主要还是因为双方的家庭属于不同的社会阶层，姑娘的父母对聂鲁达不屑一顾，而黛蕾莎又没有背叛家庭的勇气和决心。这是诗人铭心刻骨的初恋，也是他受到的人生第一次沉重打击。对于黛蕾莎来说，聂鲁达可能是她唯一深爱过的男人。她始终珍藏着聂鲁达给她的情书和照片。她一遍遍地摩挲着那些泛黄的信纸，阅读那些柔情蜜意的文字，凝视那张年轻英俊的面孔。在与聂鲁达分手后的二十几年中，当年的"春光皇后"，尽管有众多的追求者，却一直孤独地度过悠悠岁月。直到四十五岁的时候，她才嫁给了一位比她小二十岁的打字机技师。1972年，美丽的黛蕾莎在圣地亚哥的侄女家去世，但是爱情并未随之葬入坟墓。正如聂鲁达在《黑岛纪事》中献给黛蕾莎的诗中所说，那往日的爱情，或许在小鸟的坟墓、黑石英、雨水打湿的木头中对抗时间的流逝，化作永恒。

玛丽松布拉名叫阿尔贝蒂娜·罗莎·阿索卡尔。她和聂鲁达一样，也是智利南方人，有明显的印第安人血统。她是首都的女大学生，带着灰色贝雷帽，有着最温柔的眼睛。和黛蕾莎相比，她不仅内向，而且有几分骄傲和矜持。据阿尔贝蒂娜回忆，聂鲁达比她小一岁。每年9月和12月的假期，他们经常一起坐火车回家：在达圣·罗森多下车后，聂鲁达回特木科，而阿尔贝蒂娜则去了康塞普西翁。但是好景不长，一年多之后，离阿尔贝蒂娜家很近的康塞普西翁大学也开设了法语课，所以她只好听从父亲的安排转到那里继续学习。圣地亚哥和康塞普西翁相距五百公里，年轻的恋人又要忍受离别之苦。聂鲁达别无他法，只好用一封封炽热的情书排解自己的苦闷和孤独。从1921年开始到1932年止，阿尔贝蒂娜一共收到聂鲁达115封信（一说为111封）。这些用五颜六色的信纸和墨水写就的情书记录了聂鲁达对阿尔贝蒂娜深切的思念。但后者似乎并没有那么投入，除了偶尔一些充满感情的信之外，她经常迟迟不予回复，即便回复也是草草了事。对此，聂鲁达起初是感到万般痛苦，后来觉得自尊心受到巨大创伤。1927年，诗人漂洋过海，来到缅甸的首都仰光任领事。他举目无亲，甚至连一个讲西班牙语的人都碰不到。这是他一生最孤独无助、与世隔绝的时候。他一到仰光就把阿尔贝蒂娜的大照片摆在房间的桌子上。在凝视她的时候思念她，在思念她的时候凝视她。他不断地在那冷清狭小的房间里给她写信，为她写诗。阿尔贝蒂娜大学毕业后，在一所实验学校任教，后来被送往比利时留学。于是聂鲁达热情洋溢的情书又飞往了欧洲。在这些信里，除了表达思念之苦外，他还急切地催促阿尔贝蒂娜来仰光和他结婚。聂鲁达对待此事非常严肃，他认真地告诉阿尔贝蒂娜，他已经准备好了一切……还细致入微地向她解释该怎样乘船。他每天都在焦急地等待，但是阿尔贝蒂娜始终没有回信。

聂鲁达对阿尔贝蒂娜的爱持续了至少十一年，那是贫穷大学生式的爱情。在这份感情中，他似乎总是感到失落、痛苦甚至绝望。正是这些复杂的情感体验激发了诗人表达的欲望，才会有那些流传至今的震撼心灵的诗篇。聂鲁达自己在五十岁生日的时候说，二十首情诗中的第1、2、5、7、11、13、14、15、17、18这十首是写给玛丽松布拉的。其实，聂鲁达有时会把"阳光"和"阴影"混淆，有时他会说灰色贝雷帽是玛丽索尔，有时又说那是玛丽松布拉。但是，那首流传最广的《你沉默时令我欢欣》无疑是写给玛丽松布拉的。

其实，这些诗写给谁并不重要，重要的是诗人在用真心写自己的真情、真爱，他为我们展示了一个二十岁的青年对于爱与美的渴望和追求。《二十首情诗和一支绝望的歌》是少男少女的初恋之歌。青春萌动，天真无邪，激情澎湃。初恋是美好的，但往往以遗憾告终。因为"二十首情诗"最终化作了"一支绝望的歌"。

1925年聂鲁达发表了《奇男子的尝试》。这部诗集显然受了超现实主义的影响，虽然不失《二十首情诗和一支绝望的歌》的风韵，但试验的色彩更浓，结构也不再那么严谨。

由于经济拮据，聂鲁达于1926年辍学。鉴于拉美国家有任命诗人和作家为外交官的传统，他便去外交部谋职。作为一个毫无社会背景的年轻诗人，当然不可能去什么富贵繁华之地，他被派到仰光做领事，以后又去了科伦坡、雅加达、新加坡。上任途中，他顺访了布宜诺斯艾利斯、里斯本、马德里、巴黎、马赛，后来又访问了印度、中国等一些亚洲国家。当时他的薪水微薄，看到的是剥削与贫困，接触的是殖民政府的官僚和商贾，这是聂鲁达一生中最苦闷的时期:"东方给我的印象,是一个不幸的人类大家庭……我在这时期所写的诗,只能反映一个被移植到狂烈而又陌生的土地上的外来人的寂寞。""孤独培养不出写作的意愿,它硬得像监狱的墙壁,即使你拼命尖叫号哭,让自己一头撞死,也不会有人理会。"在西方,这正是未来主义、达达主义、超现实主义以及拉美的极端主义和创造主义令人眼花缭乱的时期,诗人虽然也接受了它们的某些影响,但却难解困惑;在东方,则是神奇与腐朽同在,智慧和愚昧并存,诗人虽然也不乏友谊和情恋,但却充满孤独。《大地上的居所》第一卷(1925—1931)就是他在缅甸、斯里兰卡、印度尼西亚任外交官期间写成的。对聂鲁达来说,无论从人生道路还是从创作风格上看,这都是一个观察和思考、探索与寻觅的时期。这时期的许多诗作缺乏逻辑,句式混乱,意象诡异,类比新奇,其原因概出于此。

《大地上的居所》第二卷(1925—1935)的基调仍是比较灰暗的,但作品的色彩已较前鲜明。聂鲁达是 1935 年 2 月 3 日到马德里任领事的。他很快就结识了加西亚·洛尔卡[①]等许多文艺界的朋友。他们经常在一起聚会,创办了《绿马诗刊》,主张诗歌"要有生活气息","要横扫纯粹诗歌贫乏的抽象"。

1936 年 6 月西班牙内战的爆发,打破了诗人平静的生活,也彻底改变了他的诗风。聂鲁达在晚年写的回忆录中说:"当第一批子弹射穿西班牙的六弦琴,喷出来的不是音符而是鲜血时,我的

[①] 加西亚·洛尔卡(Garcia Lorca,1898—1936),二十世纪最伟大的西班牙诗人。

诗歌便像幽灵一般在人类受苦受难的街心停住，并开始沿着一股根与血的激流升腾。从那时起，我的道路与大众的道路会合了。我顿时感到自己从孤独的南方走到了人民的北方，我愿自己卑微的诗歌化作剑和手帕，为人民揩干净沉重苦难的汗水，向他们提供一件争取面包的武器。"

这时期创作的《西班牙在心中》以充满生命力的全新面貌出现。诗句朴实无华，充分表现了诗人爱憎分明的激情。1939年他在诗作《愤怒与痛苦》的前面写道："这首诗是1934年写的，从那时起又发生了多少事情啊！这首诗是在西班牙写的，如今那里已是一片废墟。唉！要是用一点诗和爱就能把世上的愤怒平息，该多好啊，然而这却只有靠斗争和决心才能办到。世界变了，我的诗也变了。落在这些诗句上的血滴将永远留在上面，像爱情一样不可磨灭。"

《西班牙在心中》是由二十三首诗组成的。根据英国历史学者汤马斯在《西班牙内战史料》中记载，《国际纵队来到马德里》的写作时间应在1936年11月8日，即第十一团的三个营抵达马德里的日子。当时马德里已进入巷战，两天之后，该团有三分之一阵亡。《哈拉马河之战》写的是1937年春天的一场历时二十余天的著名战役。佛朗哥的军队于2月6日突袭哈拉马河谷，意在截断马德里与巴伦西亚之间的公路。共和国军守卫在哈拉马河东岸，火线长达16公里，国际纵队的四个团协助他们。在整个战役中，共和国军队死伤过万，在国际纵队中，以第十五团的"英国营"和美国"林肯营"损失最重，阵亡者在半数以上。志愿军中有不少诗人，有些壮烈牺牲，有些幸存生还，他们有关西班牙内战的作品，后来编成集子出版，聂鲁达的《西班牙在心中》就是其中的杰作。它热情讴歌了国际纵队战士舍生取义的高贵品格：

> 弟兄们，从现在起
>
> 让男女老幼，尽人皆知
>
> 你们庄严的历史，你们的纯真，你们的坚毅，
>
> 上至奴隶非人的阶梯，
>
> 下至硫黄气体腐蚀的矿井，
>
> 让它传到所有绝望人们的心底，

诗人投身于火热的斗争，他不再感到孤独和失望了。随着思想感情的变化，聂鲁达的视野更开阔了。他开始把自己的目光转向外部世界，开始关注人类的前途和命运。他认识到，作为一个诗人，只有接触人民，了解人民，与人民同呼吸，共命运，才能有信心，有力量，才不会有那种"为赋新诗强说愁"的空虚与痛苦。从1940年年底到1943年，在担任智利驻墨西哥总领事期间，他陆续写出了《献给斯大林格勒的情歌》《献给玻利瓦尔的歌》《献给斯大林格勒的新情歌》《歌颂红军到达普鲁士门口》等诗篇。这些作品连同《西班牙在心中》《集合在新的旗帜下》《愤怒与痛苦》等都收在诗集《第三居所》（1935—1945）里。

魏地拉①的叛变，反动政府的通缉，对聂鲁达来说，是坏事

---

① 魏地拉（Videla，1898—1980），智利政治家，曾任智利总统。上台伊始邀请共产党人入阁，1947年煤矿大罢工后开始逮捕共产党领导人。

又是好事。依靠人民群众的保护,虽然终日东躲西藏,经常搬家,但却在这一年零两个月的动荡不安的生活中,最终完成了他一生最辉煌的诗作《漫歌》。这是一部庞大的诗集。诗人在这部作品中倾注了全部感情、全部经验和全部理想。这是聂鲁达诗歌创作的巅峰,显示了他广阔的视野、博大的胸怀和卓越的才华。

《漫歌》是聂鲁达的代表作,是他创作生涯的里程碑,是他献给整个拉丁美洲,当然首先是献给智利的史诗。在这部宏伟的诗集中,这位代表着大自然的声音、来自智利南方林区的青年,在经受了城市生活的磨砺和政治斗争的洗礼之后,成了人类的代言人。

《漫歌》分为15章,共有248篇诗作。从美洲对人的召唤——第一章《大地上的灯》,一直写到作者作为战士和诗人的责任,即最后一章《我是》。其中包括对"征服者"的描述,对"解放者"的礼赞,对压迫者、剥削者、掠夺者、独裁者的谴责,对鞋匠、水手、渔夫、矿工、农民和民间诗人等穷苦大众的歌颂以及诗人的生平、愿望和理想。尤其是第二章《马丘比丘高度》和第九章《伐木者醒来》更是脍炙人口的长篇佳作,是全书的精华。

《漫歌》所展示的历史画卷是绚丽多姿、雄浑悲壮的。在《漫歌》中,诗人继承并发扬了安德雷斯·贝略[①]、莱奥波尔多·卢贡内斯[②]的诗歌传统,同时又没有摈弃自己作为先锋派诗人的艺术风

[①] 安德雷斯·贝略(Andrés Bello,1781—1865),委内瑞拉诗人、语言学家、法学家,拉丁美洲古典主义文学的代表。
[②] 莱奥波尔多·卢贡内斯(Leopoldo Lugones,1874—1938),阿根廷诗人、小说家,拉丁美洲现代主义文学代表之一。

格。在这部诗集中，宏观和微观世界都遵循着同一个进化和发展规律：暴政和阶级压迫毁灭了人和大地，阻碍真正的繁荣。在谈到《马丘比丘高度》一诗的创作时，他在回忆录中写道："我在秘鲁停下来并登上了马丘比丘遗址。因为当时没有公路，我们是骑马上去的。我从高处看到石砌的古老建筑嵌在青翠的安第斯山高耸的群峰之间。激流从风雨侵蚀了千百年的城堡奔腾而下。维尔卡玛约河上的白色云雾袅袅升起。站在那岩石的脐心，我觉得自己何等渺小，那是一个傲然耸立、荒无人烟的脐心，我不知为什么感到自己属于它。我觉得在某个遥远的时刻，我的手似乎曾在这里掘过沟堑，磨过岩石。我觉得自己属于智利，属于秘鲁，属于美洲。在这崎岖的高地，在这辉煌的、分散的废墟，我找到了继续创作诗歌的信念。《马丘比丘高度》就是在这里诞生的。"在《漫歌》中，这首史诗中的史诗是最引人瞩目的一章。这是一首政治抒情诗，将聂鲁达诗歌的两种倾向、两种风格融为一炉。它既不同于《西班牙在心中》的明朗，也不同于《大地上的居所》的晦涩。它的结构严谨，文字凝练，意境清新，视野开阔。这是对泥土与岩石的赞歌，这是对自然和人生的思考，这是一次寻根的旅行。诗人对于现代人单纯追求物质文明的悲悯，对于轰轰烈烈的战斗和牺牲的向往，都通过丰富的想象和隐喻表露出来。这不是梦，不是呓语，也不是单纯的怀古。它的确不易读，但也的确具有鲜明的主题。读者只要把想象的触须伸长，就不难捕捉诗人发出的扑朔迷离的信息。

与聂鲁达的其他作品相比，"纪实性"和"散文化"是《漫歌》的突出特点。诚然，并非《漫歌》中每首诗都具有很高的艺术性，比如有些斥责独裁者的诗篇就因过于简单和直白而缺乏艺术美感。对《漫歌》这样一部"通史"般的巨著，读者不能要求它尽善尽美，更何况个人的审美情趣和欣赏角度又千差万别呢。"文章千古事，得失寸心知"，其实作者对此早有预见，他说："我并非为自己的作品辩护。一本像《漫歌》这样的巨著，总会是有人喜欢这一部分，有人喜欢那一部分。许多人一点也不喜欢。当它成为一个广阔的风景画卷时，我的宏愿是获得了成功的。"

在《漫歌》之后，聂鲁达写了《葡萄和风》，这是他在访问欧洲、苏联和中国以后创作的，是他参加一系列保卫世界和平的政治活动的记述。值得一提的是在流亡期间，他于1952年在那不勒斯匿名发表了《船长的诗》，这是聂鲁达写给玛蒂尔德·乌鲁蒂娅（1912—1985）的。这部诗集为何匿名发表呢？这要从诗人的婚姻状况说起。

聂鲁达第一次结婚在1930年，时任驻雅加达领事，妻子是一位有马来血统的荷兰女子，名叫玛丽娅·安东涅塔·哈格纳尔（1900—1965），这是一次失败的婚姻，略去不表。1934年，他在西班牙认识了比自己年长二十岁的画家黛丽娅·德尔·卡利尔（1885—1989）。黛丽娅是一位成熟、干练、热情、有魅力的女性，是一位坚定的共产主义战士。两人相互吸引，但对于聂鲁达，黛丽娅不仅是情人，更像他的"导师和母亲"。在和聂鲁达相处的十八年中，黛丽娅一直像大树一样挺立在他身旁，像母亲一样为他遮风挡雨，陪伴他从苦吟诗人到革命战士的成长历程。聂鲁达和黛丽娅并未正式结婚，只是于1943年在墨西哥举行了一场不被法律认可的婚礼。1946年在智利总统大选期间的一次露天音乐会上，聂鲁达结识了歌唱演员玛蒂尔德。三年后，两人又辗转在墨西哥相遇。当时聂鲁达正在生病，玛蒂尔德体贴入微，两人坠入爱河。但他们都不愿伤害黛丽娅的感情和自尊，始终秘密地保持情人关系。这期间，诗人的心情是复杂的。首先是内疚，黛丽娅在他心中坚定、果敢、独立、倔强的印象依然鲜明如初，他对黛丽娅有难以言表的感激之情。但同时，他对玛蒂尔德的真爱又难以割舍，因而只能寄希望于时间来冲淡怨怼，原谅过失，抹平伤痕。

1952年的意大利之旅，让两人在卡普里岛度过了一段美好时光。电影《邮差》表现的正是诗人的这一段经历。在此期间，聂鲁达几乎每天给玛蒂尔德写诗，后由朋友汇集成册，在那不勒斯匿名出版了50册，题为《船长的诗》。1953年，诗集在阿根廷又多次再版，成为畅销诗集。直至1963年，聂鲁达才承认自己是该诗集的作者。墨西哥经济文化基金会与联合国教科文组织合作，于1992年出版了报刊绘图版《船长的诗》，编者是这样评价这部诗集的："《船长的诗》是抒情诗的新发展，它包含了围绕在人们身边并激励人们的主旋律：如诗中有大海和沃土的大自然，祖国和它的堡垒，还有充满爱意的凝视。全书由七个部分组成：'爱情'、'渴望'、'狂怒'、'生命'、'颂歌与萌芽'、'贺婚诗'、'途中信札'。在这部出色的作品中，聂鲁达颂扬了爱情及其生命力。对文字的娴熟运用和对抒情的把握，无疑使聂鲁达成了拉丁美洲文学领域中最重要也是最受欢迎的诗人之一。"

在这个时期，除了政治诗和爱情诗外，他还创作了一种更富于哲理性的诗歌。这就是《元素的颂歌》《元素的新颂歌》和《颂歌第三集》。这些作品歌颂了普通的劳动者和平凡的事物。聂鲁达在创作这些颂歌的时候，似乎在尝试用新的眼光、从新的角度去观察日常生活中的人和物，探索其中蕴藏的美与善的因素。这些颂歌与《西班牙在心中》那种一气呵成的节奏迥然不同，它的语言简洁活泼，节奏缓慢，一步一顿，一句诗分成几行，每行只有两三个甚至一个字。这些诗歌的朴实、欢快与《大地上的居所》的朦胧、生硬形成了鲜明的对照。

1958年，《遐想集》出版，诗人的想象力得到更加自由的发挥。《美人鱼和酒鬼们的寓言》就是最好的证明。美人鱼超出了自己的本性，因而成了不理解她的人们仇恨和蔑视的对象。在奇特的比喻中，美人鱼不愿忍受酒吧里的污辱，选择了纯洁和死亡，从而可以看出诗人对自己身世的隐喻和对洁身自好的追求。

在《遐想集》之后，聂鲁达倾向于重复前期作品的模式，对平凡事物、大海和爱情的歌颂是他作品中的三个焦点。《爱情十四行诗一百首》《智利的岩石》是其中轮廓比较鲜明的作品。

二十世纪六十年代以后，国际政治风云变幻莫测，诗人陷入了迷惘和彷徨，作品的内容比较复杂，格调也比较消沉。然而值得注意的是，诗人始终没有放弃对理想的追求和对未来的信心，正如他在一首题为《为了所有人》的诗中所说：

> 我理解很多人在想，
>
> 巴勃罗在做什么？我在这里。
>
> 如果你在这条街上找我
>
> 你会找到我和我的提琴

准备歌唱

也准备死亡。

聂鲁达的作品,所以能长期受到广大读者的欢迎,与他写人民的题材是分不开的。尤其在进入成熟期之后,他所描写的都是时代的重大题材,如西班牙内战,智利人民的斗争,苏联人民的卫国战争,拉丁美洲争取民族独立的斗争,各国人民保卫世界和平的斗争等。在将政治转化为诗歌的过程中,他注意保持语言和形象的艺术魅力,注意将现实主义的政治内容与他所熟悉的超现实主义的艺术形式结合起来。正如他自己所说的:"我比亚当还赤裸裸地去投入生活,但是我的诗却要穿戴整齐,这种创作态度是一点也不能打折扣的……"

至于聂鲁达的艺术风格,很难将它划入某一个流派。如果一定要说它属于什么"主义",只能说它属于"聂鲁达主义",因为他的艺术风格是浪漫主义、现实主义、象征主义和超现实主义等各种流派相互融合的产物。在拉美和世界诗坛,长期以来,聂鲁达是个有争议的人物。比如,他与另一位诺贝尔文学奖获得者——墨西哥诗人奥克塔维奥·帕斯[①]就有过激烈的争论。他们的分歧主要在于政治和诗歌创作的理念不同。帕斯着眼于人类的自然性,聂鲁达着眼于人类的阶级性;帕斯要超越现实,聂鲁达则要贴近现实。然而,值得指出的是他们所进行的是认真的辩论,

---

① 奥克塔维奥·帕斯(Octavio Paz,1914—1998),墨西哥诗人、作家,1990年获诺贝尔文学奖。

而且彼此都尊重对方，承认对方的成就，正因为如此，他们才能在争论了三十多年之后，又重归于好。他们对于诺贝尔文学奖都是当之无愧的。但是有一点，帕斯和聂鲁达是不能比的，那就是后者是"全世界最具反帝精神和最受人民爱戴的诗人"[①]。

赵振江

初稿于 2005 年 10 月 25 日

修改于 2023 年 12 月 24 日

---

① 当聂鲁达要前往斯德哥尔摩领奖时，收到一位黑人从荷兰寄来的信。信的大意是："我代表荷属圭亚那乔治敦的反殖民主义运动。我曾要求得到一张参加将在斯德哥尔摩举行授予您诺贝尔文学奖仪式的请柬。瑞士大使馆通知我要准备一件燕尾服——这种场合绝对要穿的礼服。我没钱买燕尾服，也绝不穿租来的，因为穿旧衣服会使一位自由的美洲人丢脸。所以我通知您，我将用凑到的一点点钱到斯德哥尔摩去举行记者招待会，在会上揭露那个授奖仪式的帝国主义和反人民性质，以此向全世界最具反帝精神和最受人民爱戴的诗人表示敬意。"（聂鲁达：《我坦言我曾历尽沧桑》，林光译，南海出版公司 2015 年版，第 385 页。）

目　　录

二十首情诗和一支绝望的歌（1924）

　一　　女性的身躯，洁白的山丘，洁白的双腿 / 1

　三　　辽阔的松林，崩裂的涛声 / 2

　五　　为了让你 / 3

　七　　傍晚，我将自己忧伤的网 / 5

　九　　陶醉在松林和漫长的亲吻 / 6

十一　　半个月亮，几乎在天外 / 7

十三　　我用一个个火的十字架 / 8

十五　　你沉默时令我欢欣，好像身边没有你
　　　　这个人 / 9

十七　　思考，在深深的孤独中和影子纠缠 / 11

十九　　黝黑、灵敏的姑娘，太阳 / 12

二十　　今晚我能写下最忧伤的诗句 / 13

　绝望的歌 / 15

大地上的居所（1925—1935）

　冬日情歌 / 20

诗的艺术 / 21
献给费德里科·加西亚·洛尔卡的颂歌 / 23
不能忘（奏鸣曲）/ 29

第三居所（1935—1945）

盟誓（奏鸣曲）/ 31
西班牙在心中（节选）/ 34
    马德里（1936）/ 34
    几点说明 / 35
    国际纵队来到马德里 / 39
    战后即景 / 42
    马德里（1937）/ 43
    阳光颂歌献给人民军队 / 46
    十一月七日胜利节日的颂歌 / 49

漫歌（1950）

伐木者醒来 / 53
我是（节选）/ 86

船长的诗（1952）

女王 / 120

九月八日 / *121*

　　你的欢笑 / *122*

　　岛上之夜 / *124*

　　大地 / *126*

葡萄和风（1954）

　　飞向太阳 / *129*

　　游行 / *132*

　　中国 / *136*

　　侵略者 / *137*

元素的颂歌（1954）

　　书的颂歌（Ⅱ）/ *141*

　　诗的颂歌 / *146*

　　时间的颂歌 / *151*

　　番茄的颂歌 / *153*

　　服装的颂歌 / *157*

　　献给塞萨尔·巴列霍的颂歌 / *160*

元素的新颂歌（1956）

　　海岸仙人掌的颂歌 / *166*

　　袜子的颂歌 / *172*

海滨之花的颂歌 / *176*

太阳的颂歌 / *178*

印第安人小麦的颂歌 / *183*

惠特曼的颂歌 / *193*

遐想集（1958）

我请求安静 / *201*

美人鱼和醉鬼们的寓言 / *204*

请别问我 / *205*

我们是许多人 / *207*

秋天的遗嘱 / *210*

爱情十四行诗一百首（1960）

上午

第二首 / *227*

第五首 / *228*

第七首 / *229*

中午

第三十三首 / *230*

第三十四首 / *231*

下午

第五十九首 / *232*

第六十一首 / *233*

夜晚
  第七十九首 / *234*
  第八十一首 / *235*
  第九十二首 / *235*

伟业之歌（1960）

和黑人一起舞蹈 / *237*

智利的岩石（1961）

智利的岩石 / *239*
耕牛 / *241*
岩石和鸟儿 / *242*

典礼之歌（1961）

西方的侄子 / *245*
帕伊塔未下葬的女子 / *248*
节日尾声（之十二） / *275*

全权（1962）

大洋 / *277*
大海 / *277*

xxvii

鸟儿 / *278*

为了所有人 / *279*

全权 / *280*

黑岛纪事（1964）

出生 / *283*

亲娘 / *286*

父亲 / *289*

诗歌 / *292*

人的本性 / *294*

被抛弃的人们 / *296*

林中猎手 / *297*

遥远 / *300*

爱情：黛丽娅（Ⅱ）/ *303*

真理 / *306*

白昼之手（1968）

一　　　有错之人 / *310*

五　　　忘却 / *312*

二十　　太阳 / *313*

五十九　葡萄酒 / *315*

六十八　旗帜 / *315*

世界末日（1969）

  五 诗的艺术（Ⅰ）/ *316*

     诗的艺术（Ⅱ）/ *319*

     蜜蜂（Ⅰ）/ *320*

     蜜蜂（Ⅱ）/ *322*

  六 悲惨世纪 / *323*

燃烧的剑（1970）

  二十二 爱情 / *326*

  二十七 镣铐 / *327*

无用地理学（1972）

  樱桃 / *329*

  从那时起 / *330*

海与钟（1973）

  初始 / *334*

  归来 / *336*

  当我清晰地决定 / *337*

  我将告诉你们 / *339*

  大使 / *340*

分离的玫瑰（1972）

　　五　　　岛 / *342*
　　十六　　人 / *343*
　　十八　　人 / *343*
　　二十二　岛 / *344*
　　二十四　岛 / *345*

附录

　　在接受诺贝尔文学奖时的演说（节选）/ *349*
　　巴勃罗·聂鲁达生平年表 / *354*

译后记 / *358*

二十首情诗和一支绝望的歌①

（1924）

一

女性的身躯，洁白的山丘，洁白的双腿，
你献身的姿态宛似这世界。
为了让婴儿从大地的底部跳出
我粗野农夫的身躯将你挖掘。

孤独的我像隧道，鸟儿从我身上逃离
强大的黑夜侵袭了我的躯体。
为了生存，我曾将你煅造成一件武器，
像弓上的箭，投石器上的石粒。

但报复的时刻降临，可是我爱你。
肌肤、苔藓、贪婪而又坚韧的乳汁的身体。

---

① 选译十二首。

啊，胸部的酒杯！啊，迷茫的眼睛！
阴阜的玫瑰啊！缓慢而忧伤的叫声！

我的女人的躯体，我将执著于你的魅力。
我的渴望，无限的情欲，我的路扑朔迷离！
昏暗的沟渠，我永恒的渴望、我的疲惫
以及我无限的痛苦都将在那里永恒地持续。

三

辽阔的松林，崩裂的涛声，
光线缓慢的游戏，孤独的钟，
姑娘啊，陆上的海螺，大地
在你身上歌唱，黄昏落入你的眼睛。

河流在你身上歌唱，我的灵魂从河中逃离
如你所想的那样并向你喜欢的地方逃去。
请在你的希望之弓上为我标明路途
我将在痴迷中将自己的箭射出。

我正在自己的周围观赏你云雾的腰身
而你的寂静在追逐我受折磨的时辰，
正是你和你那透明岩石的双臂，我的亲吻

在那里抛锚,我湿润的欲望在那里筑巢。

啊,黄昏逝去伴随着回响,爱为你
神秘的声音染色并使它成倍增长!
于是在深沉的时刻里,我看见
麦穗在田野上随风荡漾。

五

为了让你
听得见我的话语
它们有时细得
像海鸥在沙滩上的足迹。

项链,陶醉的铃铛
献到你像葡萄般柔软的手上。

我望着自己在远方的话语。
它们其实更属于你。
它们像常春藤一样爬上我痛苦的往昔。

它们这样攀上潮湿的墙壁。
这淌血的游戏,由你引起。

它们正在逃离我阴暗的巢穴。
你无所不在,充满一切。

它们先于你,占据了你的孤独,
它们比你更习惯于我的愁苦。

此刻我愿它们道出我要对你的诉说
为了让你听到它们如同听到我。

苦闷的风依然常常将它们拖跑。
梦幻的狂飙依然不时将它们横扫。

在我痛苦的声音中你会听到别的声音。
古老口中的哭泣,古老乞求的血滴。

伴侣啊,爱我吧。跟着我,别将我抛弃。
伴侣啊,跟着我,在这苦恼的波涛里。

我的话语会染上你的爱的色彩。
你占据了一切,无所不在。

我要用所有的话语做成一条长长的项链
献给你洁白的双手,她们像葡萄一样柔软。

七

傍晚，我将自己忧伤的网
撒向你双眸的海洋。

我的孤独伸展并燃烧在熊熊的篝火里
宛似一个溺水者旋转自己的双臂。

我向你迷茫的双眼发出红色的信号
它们在灯塔边的海上涌起波涛。

我远方的女人，你只保存着黑暗，
恐怖的海岸有时在你的目光里浮现。

傍晚，我俯身将忧伤的网
撒向搅动你大海般双眸的汪洋。

夜鸟啄食那些初升的星星
它们在闪烁，宛似我爱你时的心灵。

夜跨着自己昏暗的雌马驰骋
将蓝色的麦穗撒向田垄。

九

陶醉在松林和漫长的亲吻，
驾驭着玫瑰夏日的风帆远航，
加固水手坚实的狂热，
屈身向瘦长日子的死亡。

面色苍白并紧贴着贪婪的水
穿越露天环境的酸味，身上
还披着灰色的外衣和苦涩的声音，
头上顶着被抛弃的浪花那痛苦的头盔。

我忍受激情，乘着唯一的波浪，
沐浴着燃烧，寒冷，太阳，月亮
顿时在幸运的岛屿进入梦乡，它们
洁白，温柔，像清凉的臀部一样。

我亲吻的衣裳疯狂地抖动
在潮湿的夜里，疯狂地带电运行，
以一种英雄的方式，在我身上
分化成迷人的玫瑰和梦境。

顺水而上，在外面的波浪里，
我的双臂支撑着你平行的身躯
它像一条紧紧贴在我灵魂上的鱼
既快且慢，沐浴着天下的活力。

十一

半个月亮，几乎在天外
抛锚在两山之间。挖掘
眼睛的女人，夜在漫游，旋转。
请看有多少星星，碎在池塘里面。

逃啊，做个哀悼的十字架，在我眉宇间。
蓝色金属的熔炉，无声搏斗的夜晚，
我的心像疯狂的飞轮一样旋转。
来自远方的姑娘，从远方带来的眼神，
有时会在天底下闪光。
抱怨，风暴，愤怒的旋涡，
不停地从我的心灵穿过。
坟墓之风传送、毁坏、分散你瞌睡的根。
在它的另一侧，将一棵棵大树拔起。
但是你，亮丽的姑娘，烟雾、麦穗的询问。
那是风和闪光的叶子构成。

夜晚山峰的后面,燃烧的白百合,
啊,我无话可说!那是世间万物的杰作。

渴望用利刃切开我的心胸,是走
另一条路的时候了,她在那里没有笑容。
风暴埋葬了一口口钟,暴风雨漫天飞舞
为何在此时抚摸她,为何要让她伤情。

啊,继续远离一切的行程,她没有
在那里阻拦痛苦、死亡、严冬,
用在露水中睁开的眼睛。

十三

我用一个个火的十字架
标示了你身躯洁白的地图。
我的口,在你身上,在你身后,
羞怯,渴求,像一只隐蔽爬行的蜘蛛。

在黄昏岸边给你讲述的故事,
忧伤而又温柔的姑娘,为了你不再忧伤。
一只天鹅,一棵树,遥远而又快乐之物。
葡萄的时光,成熟与果实的时光。

生活在一个港口的我，在那里开始爱你。
孤独穿插着梦想与沉寂。
在大海与痛苦之间禁闭。
在两个宁静的船夫之间，沉默，痴迷。

在双唇与声音之间，有什么在渐渐死亡。
它属于苦闷和忘却，它具有鸟儿的翅膀。
它们就像留不住水的网。
几乎没留下颤抖的水滴，我可爱的姑娘。
不过，在这些转瞬即逝的话语中，有什么在歌唱。
有什么在歌唱，有什么升到我贪婪的口上。
啊，可以用所有快乐的话语将你赞扬。

歌唱，燃烧，逃走，宛似疯子手中的一座钟楼。
你突然变成了什么，我忧伤的情意？
当抵达最陡峭与寒冷的巅峰
我的心便像夜间的花朵一样关闭。

十五

你沉默时令我欢欣，好像身边没有你这个人，
你从远方听我说话，却又接触不到我的声音。
你的眼睛好像已经飞走

又好像一个亲吻合上了你的双唇。

由于世间万物充满我的灵魂
你浮在万物之上，同样充满我的灵魂。
梦之蝶啊，你就像我的灵魂
就像与"忧伤"同义谐音。

你沉默时令我欢畅，好像是在远方。
切切私语的蝴蝶啊，好像是牢骚满腔。
在远方倾听，我的声音到不了你耳旁：
用你的沉默叫我也不声不响。

让我也用你的沉默对你讲
它就像戒指一样纯朴，像灯盏一样明亮。
你就像沉默不语、满天星斗的夜色。
你的沉默就是星星的沉默，遥远而又平常。

你沉默时让我喜欢，因为你似乎不在我身边。
多么痛苦，多么遥远，好像已离开人间。
这时一个词语、一个微笑足矣，
我会心花怒放，因为你就在我面前。

十七

思考,在深深的孤独中和影子纠缠。
你同样遥远,比任何人都远。
思考,放飞鸟儿,模糊形象,埋葬灯盏。
雾的钟楼,何等遥远,矗立在上面!
磨房主沉默寡言,磨碎
渺茫的希望,扼杀声声哀怨,
黑夜降临,远离城市,将你遮笼在其间。

你的存在如同物件,令我惊奇又与我无关。
我想,我的生活先于你,已走了很远。
我粗犷的生活,在所有人之前。
面向大海的呼喊,在岩石中间,
自由、疯狂地奔跑,冒着海雾漫漫。
可悲的愤怒,呼喊,大海的孤单。
放肆,猛烈,仰面朝天。

女人啊,你,在那无比巨大的扇面
你是什么?什么线条?像现在一样遥远。
树林里的烈火!燃烧在蓝色的十字架中间。
燃烧,燃烧,喷吐烈焰,林中火光闪闪。

烈火。烈火。噼啪作响,四处蔓延。

我被火花灼伤的灵魂在舞蹈。
谁在呼叫?什么样的寂静充满回声?
怀念的时刻,快乐的时刻,孤独的时刻,
在所有的时刻中,它属于我!
风儿歌唱着刮过吹响汽笛。
多少令人落泪的激情聚集在我的躯体。

我的灵魂,被所有的根震撼,
被所有的浪冲击!
无休止地滚动,快乐,悲戚。

思考,将一盏盏灯埋进深深的孤独。
你是谁,谁是你?

十九

黝黑、灵敏的姑娘,太阳
使果实成长、水草茂盛、小麦灌浆,
造就了你快乐的身体、明亮的眼睛
并使水灵灵的笑容挂在嘴角上。

当你伸开双臂,一轮黑色、渴望的太阳
卷动在你黑色的发丝上。
你和太阳玩耍,宛似和小溪玩耍一样
它使两汪深色的水在你眼中流淌。

黝黑、灵敏的姑娘,我无法靠近你身旁。
一切都使我远离你,像远离正午一样。
你是蜜蜂狂热的青春,
波浪的陶醉,麦穗的力量。

然而,我忧郁的心在将你找寻,
我爱你快乐的身体,轻松纤细的声音。
温柔而又坚定的黑色蝴蝶
宛若麦田和太阳,水和虞美人。

二十

今晚我能写下最忧伤的诗句。

比如:"夜缀满繁星,
蓝色的星星在远方颤抖。"

夜风在歌唱并在天空盘旋。

今晚我能写下最忧伤的诗句。
我爱她,有时她也爱我。

许多像今晚这样的夜,她在我怀中。
我吻她多少次啊,沐浴着无垠的天空。

她爱我,有时我也爱她。
怎能不爱她那双坚定的大眼睛。

今晚我能写下最忧伤的诗句。
想到她已不和我在一起。感到我已将她失去。

倾听无限的夜晚,没有她更加无限。
诗句落在心灵,像露珠落在草中。

我的爱不能将她挽留,没什么关系。
夜缀满繁星而她没和我在一起。

这就是一切。有人在远方歌唱,在远方。
失去了她,我心不爽。

为了接近她,我的目光将她寻觅。
我的心也在将她寻觅,可她没和我在一起。

同样的夜晚使同样的树木闪着白色的光。
此时的我们与那时的我们已经两样。

此时我已不再爱她,真的,可我曾何等地爱过。
我的声音曾寻找过风,为了将她的听觉触摸。

属于另一个人。她将属于另一个人。像从前她属于我的亲吻。
她大大的眼睛,她明亮的身体。她的声音。

我已不再爱她,真的,但或许还爱。
爱多么短暂,而遗忘又何等漫长。

因为在许多像今晚这样的夜里,她在我怀中。
失去了她,我的灵魂怎能高兴。

虽然这是她使我产生的最后的忧伤
可这些也是我写给她最后的诗行。

绝望的歌

对你的记忆从我所在的夜晚浮现。
河流向大海倾诉自己滔滔不绝的怨言。

被抛弃的人,像拂晓的码头。
被抛弃的人啊,已经是离开的时候!

寒冷的花冠像雨水落在我的心上。
啊,溺水者残酷的洞穴,废料的底舱!

在你身上积累了战争与飞翔。
从你身上竖起歌唱鸟儿的翅膀。

你吞下了一切,犹如远方。
像海洋,像时光。一切都沉没在你身上!

那是进攻与亲吻的快乐时光。
惊喜的时光,宛似灯塔在点亮。

舵手的焦虑,盲目潜水员的怒火,
爱的陶醉痴迷,一切都在你身上沉没!

雾的童年,我的灵魂生了翅膀并受伤。
迷失的探险者,一切都在你的身上沉没!

你缠绕痛苦,抓住欲望。
悲伤将你打倒,一切都沉没在你身上!

我让阴影的城墙倒退,
我向前走,超越了欲望与行为。

啊,宝贝啊,我的宝贝,我爱过并失去的女人,
在这潮湿的时刻,我召唤你并为你而歌。

宛似一个杯子,你怀着无限的温柔,
可无限的忘却将你像杯子一样打破。

那是岛屿黑色的,黑色的孤独,正是在那里,
可爱的女人啊,你的双臂拥抱了我。

那里是干渴与饥饿,而你是水果。
那里是痛苦和废墟,而你是奇迹。

女人啊,我不知你怎能将我包容
在你灵魂的土地上,在你双臂的十字中!

我对你的欲望可怕而又短暂,
动荡而又痴迷,紧张而又贪婪。

亲吻的墓地,你的坟里还有火苗,
鸟儿啄食的串串果实还在燃烧。

被咬的双唇啊,被吻过的肢体,
饥饿的牙齿啊,相互纠缠的身躯。

啊,希望与勇气的结合多么疯狂
我们在那里拧成结却又绝望。

那柔情,如水与面粉般细腻。
那话语,宛若双唇间的气息。

那是我的命运,我的渴望在那里跋涉,
又在那里失落,一切都在你的身上沉没!

啊,废料的底舱,一切都落在你身上,
你榨取所有的痛苦,你窒息所有的波浪!

从浪尖到浪尖你依然在燃烧并歌唱。
就像一个水手屹立在船头上。

你仍在歌声中开花,仍在激流中奔腾
啊,废料的底舱,敞开的苦井。

苍白盲目的潜水员,倒霉的投石者,
迷失的探险者,一切都在你身上沉没!

这是离去的时刻,艰巨而又寒冷的时刻
黑夜随时在将它把握。

大海轰鸣的腰带缠绕着海岸。
黑色的鸟儿在迁徙,星星在涌现。

被抛弃的人,像拂晓的码头。
颤抖的影子扭结在我的双手。

啊,一切都已过去。啊,已成过眼烟云。

是离开的时候了。啊,我这被抛弃的人!

大地上的居所[①]

(1925—1935)

冬日情歌

在深海底层,
在夜晚长长的名册中,
你沉默不语的名字
宛似一匹马在穿越驰骋。

让我留宿在你的脊背,啊,让我藏躲,
让我在你的镜中出现,突然
从黑暗中,从你身后
在你孤独、夜晚的叶片上萌生。

温柔完美的光明之花,
你亲吻的口将我报答,

[①] 选译四首。

坚定而又细腻的口
因久别而猛烈地爆发。

现在好了,雨线和雨水的呐喊,
和我一起,从遗忘到遗忘,
在漫长的过程中,栖息
在黑暗之夜的收藏。

线的傍晚将我收容,
当夜幕开始将大地遮笼,
一颗充满风的星星
为自己缝衣并在天空颤动。

你的离去直逼我的心底,
你紧紧地蒙住自己的双眼,
你的存在将我穿越,
我的心化成了碎片。

诗的艺术

在阴影与空间、饰物与少女当中,
具有独特心灵与不幸的梦,
我急剧地苍白,身着愤怒鳏夫的丧服,

生命的每一天都在前额上凋零，
啊，为了我昏昏欲睡地饮着的所有无形的水
和颤抖着采集的每一个响声，
我有着同样无形的渴望和同样冰冷的热度，
刚刚出生的听觉，间接的苦闷，
仿佛来了盗贼或幽灵，
在一个坚定而又深刻的广阔的外壳里，
宛若卑微的堂倌，有些沙哑的钟，
古老的镜子，孤零零房屋的味道
一群醉醺醺的宾客在夜间步入其中，
还有丢在地上的衣物的味道，花的思念，
——若非如此，或许还没有那么伤情——
然而，真理，突然，风吹打我心胸，
跌落在我卧室中营养无限的黑夜，
用牺牲燃烧了一日的响声
忧伤地要求我拥有预言和向着呼唤
又得不到回应的目标冲击，
一种无休止的动，一个模糊的名。

献给费德里科·加西亚·洛尔卡①的颂歌

倘若能在孤独的房间里恸哭,
倘若能抠出并吃掉自己的眼睛,
为了你身披丧服的橘树般的声音,
为了你呐喊出来的诗,我会做这样的事情。

为了你,医院被涂成蓝色,
学校和海滨在增长,
受伤的天使长满羽毛,
婚宴上的鱼长满鳞片,
刺猬向天空飞翔:
成衣店让黑色的浆膜
充满勺子和血液
并吞下扯断的带子,用亲吻
互相杀戮,身穿洁白的衣裳。

当你穿着桃色的衣裳飞翔,
当飓风般稻谷的笑容洋溢在你脸上,
当你为了歌唱晃动

---

① 费德里科·加西亚·洛尔卡在西班牙内战中被杀害。

血管和牙齿,喉咙和手指,
我会为你的温柔而死,
为红色的湖泊而亡,
你生活在那里的秋天
与倒下的战马和流血的神在一起,
我会为一座座公墓而死
它们像灰色的河
充满灵柩和水,
夜晚在窒息的钟声里流淌:
河流像伤员的病房,
在充满大理石号码、腐朽王冠
和丧葬用油的河里,向着死亡暴涨:
为了在夜间看见你,看见
溺死的十字架经过,站立着哭泣,
我愿死去,
因为你面对死亡之河
无依无靠、伤心地流泪,
哭啊,哭啊,眼睛里
充满泪水,泪水,泪水。

倘若能在夜里,独自迷失,
在铁路和轮船上,
用黑色的漏斗,啃噬灰烬,
将阴影、烟雾和遗忘收集,

我会这样做

为了你在那里生长的树,

为了你汇集的金色之水的巢

为了遮盖你的骨骼的藤蔓

它们向你传授夜的秘密。

城市带着水灵灵洋葱的味道

等着你沙哑地歌唱着走过,

静悄悄的捕鲸船追踪你,

绿色的燕子在你的头发上筑巢,

此外,蜗牛和岁月,

卷起的桅杆和樱桃树

包围你,义无反顾

当你露出浸在血中的口

和长着十五只眼睛的苍白的头颅。

倘若能让城区充满煤烟

抽泣着将钟表打烂,

那是为了看看何时到达你家

嘴唇破裂的夏天,

外衣挣扎的人群,

光辉凄惨的地区,

死去的犁和虞美人,

掘墓人和骑手们,

星球和血迹斑斑的地图,

布满灰尘的潜水员,

蒙面人拖着

被刀刺伤的姑娘,

根须,血管,医院,

蚂蚁,喷泉,

带着床的夜晚

孤单的骑兵死在蜘蛛中间,

一朵仇恨和带刺的玫瑰

一条黄色的航船,

一个带着孩子的刮风天,

到达的还有我和奥利维利奥、诺拉,

维森特·阿莱克桑德雷、黛丽娅,

马鲁卡、马尔瓦·玛丽娜、马丽亚·路易莎和拉尔科,

"金头发",拉斐尔·乌加特,

科塔波斯、拉斐尔·阿尔贝蒂,

卡洛斯、"宝贝儿",

马诺洛·阿尔托拉吉雷,莫利纳里,

罗萨莱斯、贡恰·门德斯[①]

和其他我记不起来的人。

来,让我为你加冕,健康

[①] 这些人都是两位诗人共同的亲友,多是诗人。

和蝴蝶的青年,纯洁的青年
像一道永远自由的黑色闪电,
让我们交谈,
现在只剩下你我,在岩石中间,
开诚布公,像你我的为人一样,
要不是为了雨露,诗句有什么用场?

若不是为了那个晚上,可恶的匕首
将我们查寻,诗句有什么用场?
为了那一天,那个黄昏,在那破败的角落
那人受打击的心准备死亡。

尤其是夜晚,
有许多星星的夜晚,
它们映在河心
像窗边的一条飘带
房间里挤满了穷人。

他们中有人死了,
也许是失去了岗位,
在办公室,医院,
电梯或矿山,
受伤害的人们强忍悲苦

到处都有哭泣和打算:
当星星在无尽的河里流转
有多少哭泣在窗前,
门槛被哭泣磨损,
泪水将卧室湿遍,
像浪一样啃噬地毯。

费德里科,
你看这世界,
醋,街道,
告别在车站上
当灰烟启动了果敢的车轮
向着那除了分别、岩石
和铁轨,什么也没有的地方。

在各地
有那么多人质问。
有流血的盲人,
有的灰心,有的愤怒,
有的悲惨,有带爪的树,
强盗的怀里揣着嫉妒。

费德里科,这就是生活,
这是我伤感而又男性的友谊

能献给你的东西。
你自身就懂得很多,
其余会渐渐懂得。

不能忘
（奏鸣曲）

倘若你们问我曾在何处,
我会说"变换无常"。
会说自我毁灭的河流,
会说石头使其变暗的地方:
我只知鸟儿失去的东西,
留在身后的大海,或我的姐妹在哭泣。
为何有这么多地区?为何日子
和日子连在一起?人为何死去?
黑夜为何在嘴角相聚?

倘若你们问我来自何处,我必须
和破碎的事情讨论,和极痛苦的器皿,
和时常腐朽的巨兽
还有我悲伤的心。

记忆并非经历的遭遇,

也不是在遗忘中沉睡发黄的鸽子，
而是挂着泪水的脸，
喉咙上的指头，
叶片上落下之物：
逝去一天的黑暗，
我们悲哀的血滋养的一天。

这里有燕子，紫罗兰，
有我们喜欢并在一长串
温馨名片上出现的一切，
在那里漫步的是柔情和时间。

但是不要越过那些牙齿，
不要去咬沉默积累的硬壳，
因为我不知如何回答：
这么多人死亡，骄阳
晒裂了这么多城墙，
这么多头颅与军舰相撞，
这么多手臂阻隔亲吻，
这么多事情我想遗忘。

第三居所[①]

(1935—1945)

盟誓

(奏鸣曲)

无论是在荆棘丛生的荒原
被玻璃割破的心田,还是
在一些房屋角落里看到的
汹涌的水——像眸子和眼睑,
可能都无法将你的腰肢
掌控在我的双手,当我的心
将圣栎树举向你牢不可破的雪线。

甜蜜的夜晚,
王冠的精灵,
 　　　　人类
被救赎的血液,

[①] 选译两首。

你的亲吻将我放逐,
而一股水流用大海的残部
打击等候你的寂寞,围绕着
磨损的椅子,损耗着门户。
轴心清晰的夜晚,
唯有实在的声音
被分裂,唯有
赤裸了每一天。

亲爱的,我愿置身
在你如平静水流的乳房,
在你坚实而又像水一样的双腿上,
在你赤裸秀发的
矜持和骄傲,
泪水滴入并积聚
在沙哑的喉咙,
亲爱的,我愿孤身只影
只带一个残破白银的音节,
只带你雪胸上的一个尖顶。

已经没有可能,有时
只会跌倒无法取胜,
颤抖在两人当中,触摸
那条河的花朵,已不可能:

人的毛发如同针线,
梳理,碎片,
反抗珊瑚的家园,暴风雨
和坚硬的脚步,掠过
冬天的地毯。

在唇与唇之间有许多伟大灰烬
和潮湿头盔的城垣,
"何时"和"怎样"的点滴,
模糊的循环:如同
在唇与唇之间,一阵风
吹过海岸玻璃的沙滩。

因此,你才无限,请拾起我,
似乎你是全部庄严,全部夜晚
如同一个地段,直至融入
时间的条条路线。
　　　　　　　请在柔情中向前,
请来到我身边,直至小提琴
手指的叶片陷入沉默
直至青苔在雷声里扎根,
直至根须在搏动中
垂下,在手与手之间。

西班牙在心中（节选）

马德里（1936）

马德里孤单凝重，七月用你贫瘠蜂巢的快乐
令你吃惊：你的街道光明，
光明是你的梦境。

将军们
黑色的饱嗝，教士服
波涛汹涌
从你的双膝之间
冲进水的泥塘，痰的河中。

马德里，用受伤的眼睛，睡意蒙眬，
你刚刚受伤，用石块和猎枪
保卫了自己。你在街上奔跑
留下神圣的血迹，
用大洋的声音，用永远
被血光变换的面容，将人们呼唤和聚拢，
像一座复仇的山峰，
像一颗匕首呼啸的星。

当你燃烧的剑

插入叛变的密室,

插入黑暗的兵营,

只有黎明的寂静,只有旗帜的步伐

和一滴光荣的血,装点你的笑容。

几点说明

你们会问:丁香花今在何处?

还有虞美人蕴涵的玄机?

经常敲打她们的话语

并使其充满小洞

和小鸟的雨水,如今又在哪里?

我要向你们讲一讲自己的遭遇。

我原本生活在马德里

一个有教堂,有钟,

有树木的街区。

从那里可以眺望

卡斯蒂利亚干燥的面庞

宛似一片皮革的海洋。

我的家

有鲜花之家的美誉,
天竺葵遍地盛开:
那是美丽的家,到处
都有小狗与孩子们在嬉戏。

劳尔①,你可记得?
拉斐尔②,你可记得?
还有你,费德里科③?
你在地下
可记得我那带阳台的房舍
六月的阳光窒息你口中的花朵?

兄弟啊,兄弟!
那时节,到处是
沸腾的人声,商品的味道,
热腾腾面包的堆放,
我那阿圭耶斯④街区的市场,那里有一尊雕像
宛若鳕鱼中间苍白的墨水瓶一样:
油倒入一把把汤匙,

---

① 指阿根廷诗人劳尔·冈萨雷斯·图尼翁(Raúl González Tuñón, 1905—1975)。
② 指西班牙诗人拉斐尔·阿尔贝蒂(Rafael Alberti, 1902—1999)。
③ 指西班牙诗人费德里科·加西亚·洛尔卡。
④ 马德里郊外的一个区。

手与脚

深沉的跳动充满大街小巷,

尺寸,容量,

生活多么喜人的芳香,

成堆的鲜鱼

连接着的屋顶沐浴着寒冷的阳光,

风标上的箭已经疲惫,

马铃薯令人着迷的象牙般的细腻,

西红柿延伸至海岸旁。

一天早上,这一切都被点燃,

一天早上,烈焰

冒出地面,

从那时起,大火

吞食了人群,

从那时起,只有炸药硝烟,

从那时起,只有血流弥漫。

带着飞机和摩尔人的强盗们,

戴着戒指并挽着公爵夫人的强盗们,

带着满口祝福的黑衣教士的强盗们

从天而降来杀害儿童,

孩子们的血流淌在大街上,

大街上,孩子们的血在流淌。

连豺狼都会排斥的豺狼!
连蒺藜都会唾弃的石头!
连毒蛇都会憎恨的毒蛇!

在你们面前,我看见
西班牙的血巍然挺立
为了将你们在一个
骄傲和刀剑的波浪里窒息!

将军们
叛徒们:
请看我死去的家,
请看破碎的西班牙:
然而从每一个死去的家
都会长出燃烧的武器,而不是鲜花,
从西班牙的每一个洞里
都会长出西班牙,
从每一个死去的孩子的身上
都会长出一支有眼睛的步枪,
每一桩罪行都会生出子弹
迟早有一天会射中你们的心房。

你们会问我:为什么你的诗歌
不对我们将祖国的土地、树叶

和雄伟的火山诉说?

请你们来看看鲜血流淌在街上,
来看看
鲜血在街上流淌,
看看鲜血
在街上流淌!

国际纵队来到马德里①

清晨,一个寒冷的月份,
挣扎的月份,被泥泞和硝烟污染的月份,
没有膝盖的月份,被不幸和围困折磨的悲伤的月份,
透过我家湿漉漉的玻璃窗
听得见非洲豺狼用步枪和血淋淋的牙齿嗥叫,
我们除了火药的梦想,没有别的希望,
以为世上只有贪婪、暴戾的魔王,
这时候,冲破马德里寒冷月份的霜冻,
在黎明的朦胧中
我用这双眼睛,用这颗善于洞察的心灵

---

① 在西班牙内战期间(1936—1939),有五十四个国家的工人和进步人士为支援西班牙共和国和人民组成志愿军国际纵队,共七支,三万五千人,于1936年10月抵西班牙参战。1938年9月国际纵队被迫撤出西班牙。白求恩、柯棣华等人就是从那里辗转来到中国反法西斯战场的。

看到赤诚、刚毅的战士们来了
他们岩石般的纵队
机智,坚强,成熟,热情。

那是悲伤的时刻,妇女们
失去亲人的煎熬像可怕的火炭,
西班牙的死神比其他死神更凶残,
布满长着麦苗的农田。

在街上人们伤口的血和从住宅
被毁坏的心流出来的水汇合在一起:
孩子们被折断骨骼,母亲们
披着丧服,令人心碎的沉默,
手无寸铁的人们再也睁不开的眼睛,
这就是损失和悲伤,
就是被玷污的花园,
就是永远被扼杀的鲜花和信仰。

同志们,
这时
我看到你们,
我的眼睛至今仍充满自豪
因为我看见你们冒着清晨的冰霜
来到卡斯蒂利亚纯粹的战场,

像黎明前的钟声一样

肃穆,坚强,

你们庄严隆重,蔚蓝的眸子来自远方,

来自你们的角落,你们失去的祖国,

来自你们的梦乡,

满怀燃烧的柔情,肩扛步枪,

来保卫西班牙的城市

这里遭围困的自由正被野兽吞噬

会倒下和死亡。

弟兄们,从现在起

让男女老幼,尽人皆知

你们庄严的历史,你们的纯真,你们的坚毅,

上至奴隶非人的阶梯,

下至硫黄气体腐蚀的矿井,

让它传到所有绝望人们的心底,

让所有的星星,卡斯蒂利亚

和世界上所有的谷穗

都铭记你们的名字,你们严酷的斗争

和像红橡树一样坚实伟大的胜利。

因为你们用自己的牺牲复活了大地的信任,

死去的灵魂,丧失的信仰,

一条无穷无尽的河流,带着钢铁和希望的鸽群,

沿着你们的富饶,你们的高尚,你们战友的遗体

犹如沿着鲜血染红的坚硬岩石的山谷流淌。

战后即景

被咬过的空间，蹂躏
庄稼的部队，断裂的马蹄铁，
在冰霜和石头中冻结，一轮
　　峥嵘的弯月。

受伤母马的月亮，曾被烧煳
在磨损的芒刺中，凶光毕露，沉没的
金属或尸骨，消逝，苦涩的抹布，
　　掘墓人的云雾。

在硝石带着光晕的酸味后面，
从水到水，从物到物，
被焚烧和吃掉，像小麦脱粒
　　一样迅速。

软绵绵的地壳偶尔得见，
黑色的灰烬分散难寻，
现在只剩下响亮的寒冷，雨水
　　何等的恼人。

让我的双膝将被埋葬者保护,
不仅是这逃亡的领土,让我的眼睑
将它抓紧,直至将它呼唤和弄伤,
让我的血液保存这黑暗的滋味
　　为了永不遗忘。

马德里(1937)

此时此刻,我想起一切和所有人,
深深地沉浸在
那些地区——声音和笔
轻轻地敲击,它们存在于大地
又超越大地。今天
开始了新的冬季。
　　　　　　　　在那座城市,
我所爱的都在那里,现在没有面包
也没有光明:一块冰冷的玻璃
落在干枯的天竺葵上。榴弹炮炸开
夜间黑色的梦想,像淌血的耕牛一样:
拂晓的工事里空无一人,
只有一辆破车:已长满苔藓,
被焚毁的房屋,血已流尽,家徒四壁,
门开向天空,燕子已无踪影
只有时代的寂静:市场开始

摆出可怜的绿色,还有柑橘和鱼,
每天通过血液流到这里
交到姐妹和孀妇手上。
身着丧服的城市,破损,创伤,
毁坏,打击,千疮百孔,遍地
是血迹和破碎的玻璃,没有夜晚的城市,
全是夜晚,寂静,轰响和英雄,
现在又是更赤裸、更孤单的冬季,
没有面粉,没有脚步声响,
属于全体和大家的,只有
士兵们的月亮。

暗淡的太阳,我们失去的血,
恐惧,震颤的心在哭泣。
眼泪像沉重的子弹落在你昏暗的土地,
发出鸽子坠落的声响,死神
永远握紧的手掌,每天,每夜,每周,
每月的血。不谈你们,沉睡
和清醒的英雄们,不谈用卓越的意志
使大地江河颤抖的你们,
此时此刻,我倾听街上的时间,
有人在和我说话,冬天又来到
我居住的饭店,
我听到的只有城市

和被毒蛇泡沫似的战火

团团围住,被地狱的洪水

袭击的远处。

    那是在一年多以前

那些戴面具的人触及你的人性之岸

碰到你带电的血便命丧黄泉:

摩尔人的口袋,叛徒的口袋,

纷纷滚到你岩石般的脚下:无论是硝烟

还是死神都无法征服你燃烧的城垣。

        那时,

那时,有什么?有,那是些丧尽天良的人们,

贪得无厌的人们:洁白的城市,他们窥伺着你,

面目可疑的主教,酸腐、封建的少爷们,

手里有三十枚银币[①]叮当作响的将军们:

一群雨水似的假圣女,

一帮腐烂的大使,

一伙可悲的军犬在向你的城垣发起攻击。

赞美你,在云端,用光线,

用干杯,用利剑,

用淌血的前额,鲜血染红的岩石,

坚强甜蜜的滑行,

---

① 据《圣经·新约》,耶稣的门徒犹大为了三十枚银币出卖了耶稣。

武装的闪电上明亮的摇篮,
坚固的城堡,血的天空
蜜蜂从那里诞生。

      今天还活着的你,胡安,
佩德罗,今天你还在察看,憧憬,睡眠,用餐:
今夜没有灯光,目不转睛地警戒,
在水泥工事里,在被切割的土地上,孤孤单单,
从悲哀的铁丝网,到南方,在周围,在中间,
没有神秘,没有苍天,
像一条生命线一样的人群捍卫着
被火焰包围的城市:马德里,星际的打击、
火的洗礼,使她无比坚强:
大地和坚守沐浴着胜利的高高的寂静:
无数的桂花环绕身旁,
像一朵残破的玫瑰在绽放。

阳光颂歌献给人民军队

人民的武装!在这里!威胁
围困还掺杂着死亡,恶劣的蛇蝎,
笼罩在大地上!
     致敬,致敬,
全世界的母亲向你致敬,
学校向你致敬,人民的军队啊,

年长的木工向你致敬,用麦穗,
牛奶,马铃薯,桂花,柠檬,
用大地长出和人类口中的一切
向你致敬。
　　　　一切,像人手构成的项链,
像闪电的矜持,像腰带在颤动,一切
为你准备,一切向你集中!
　　　　　　　钢铁的日子,
蓝色的防线!
　　　　兄弟们,向前,
在耕耘的土地上向前,在干燥、无眠
亢奋、磨损的夜晚向前,
在葡萄园之间,踏着岩石寒冷的颜色向前,
致敬,致敬,继续向前。
比冬天的声音更锋利,
比霹雳的顶端更稳固,比眼睑更敏感,
像快捷的钻石那样精确,新的战神,
如同地心的钢水一样,
如同鲜花和葡萄酒,如同喷薄欲出的岩浆,
如同所有绿叶的根,如同大地上所有的芳香。
致敬,士兵们,致敬,红色的拓荒,
致敬,顽强的三叶草,致敬,沐浴着
闪电之光的村庄,致敬,致敬,致敬,
向前,向前,向前,向前,

越过墓地,越过矿山,面对叛徒毛骨悚然的恐惧,
面对死神令人憎恶的贪婪,
人民,说到做到的人民,勇敢加步枪,
步枪加勇敢,向前。
摄影师,矿工,铁路员工,
煤矿和采石场的弟兄,铁锤的亲友,
森林,快乐射击的节日,向前,
游击队员,首长,班长,政委,
人民的飞行员,夜袭的战士,
海军战士,向前:
你们面前,只有一条垂死的锁链,
一个臭鱼的弹坑,向前!
只有挣扎的尸体,
只有脓血淋漓的沼泽,
所向披靡;西班牙,向前,
向前,人民的钟声,
向前,苹果的产地,
向前,谷物的旗帜,
向前,火的大写字母,
因为在斗争中,在波涛间,在草原,
在高山,在硝烟弥漫的黄昏,
你们带来永恒的新生,
带来生生不息的信念。

        与此同时,

为了最后的胜利,
寂静中长出根和花冠:
每个工具,每个红色的车轮,
每把锯或每张犁,
地面的每个萌芽,血的每一次抖动
都愿跟随你——人民军队的步伐:
你给被遗忘的穷苦人带来光明,
你的永恒之星将灿烂的光芒钉进死神
并点亮希望新的眼睛。

十一月七日胜利节日的颂歌

这具有双重意义的周年,今天,今晚,
难道人们会看到一个空洞的世界,
会看到痛苦心灵被愚蠢地刺穿?
           不,这一天
不仅是二十四小时的连续,更是明镜
和利剑的步履,是一朵花具有双重意义,
它打击黑夜,直到将黎明从夜的根中拔起!

西班牙的节日,你来自南方,
勇敢的日子,羽毛如钢,
你来自最后倒下去的人,
他的前额被打碎,

可你火红的号令却还在他的口中回响!

你走在那里,
带着我们永不磨灭的记忆;
你曾经是节日,而现在是斗争,
你支撑着无形的柱石和翅膀——
从那里会诞生,带着你的号码,飞翔!

十一月七日,你生活在哪里?
你的花瓣在哪里放射光彩?
你的哨音在哪里向弟兄们说:冲啊!
向倒下去的人说:起来!

你的胜利在哪里形成?
从血液开始,通过人们可怜的肉体
升华为英雄?
 联盟,世界人民的姐妹,
纯洁的苏维埃祖国啊,
丰硕的种子又回到你的怀里
就像树木的枝条飘洒在大地!

人民啊,在你的斗争中,没有哭泣!
一切都像钢铁一样,一切都会行走和杀伤,
一切,包括摸不着的寂静,甚至怀疑——

它用冬天的手寻找我们的心脏,
为了使它冻结和沦丧,姐妹和母亲啊,
为了帮助你们取得胜利,
一切的一切,包括快乐,都该像钢铁一样!

今天,让叛变者遭到唾弃!
让卑鄙者时刻受到
全部血的惩罚,
 　　　　让胆小鬼
回到黑暗中,让桂冠属于勇敢的英雄,
勇敢的道路,勇敢的保卫世界的
雪白和鲜红的舰艇!

在这样的日子里,苏维埃联盟,
我虚心地向你致敬:
我是个作家和诗人,
父亲是铁路员工:我们一向贫穷。

昨天,在我小小的多雨的国度里,
相距遥远,我却和你在一起。
你的名字在那里热烈地传诵,
燃烧在人民的胸中,直冲我国的高空!

今天,我怀念他们,他们都和你在一起,

从家庭到家庭,从工厂到工厂,
你的名字像红色的鸟儿在飞翔!
愿你的英雄受到称颂,
你的每一滴血都受到赞扬,
你胸中滚滚的心潮受到表彰,
它在保卫着纯洁、自豪的家乡!

愿滋养你的英勇苦涩的面包受到赞扬,
与此同时,时代的大门为你开放,
让你那人民的铁军高歌猛进
在荒野和灰烬中
踏着刽子手的身躯,
将一棵宛如明月的巨大的玫瑰
种在胜利、纯洁、神圣的土地上!

漫歌①

（1950）

伐木者醒来②

> 迦百农③啊，你已经
> 升到天上，将来
> 必跌落阴间……
> ——《路加福音》第十章第十五节

1

在科罗拉多河以西

---

① 选译两首。
② 《伐木者醒来》于1948年7月发表在布宜诺斯艾利斯的《方向》上，后收入《漫歌》（第九章），是聂鲁达传播最广的诗作之一。诗中"伐木者"指美国第十六任总统亚伯拉罕·林肯（Abraham Lincoln，1809—1865）。他年轻时曾从事劈木做栅栏的工作。林肯主张废除奴隶制，因而受世人敬仰。
③ 迦百农是《圣经》中的地名，在以色列境内，今已成废墟。据称耶稣开始传道时，即迁居此地。

有一个我热爱的地方。

我对它多么向往,

满怀着心中跳动的一切,

过去,现在,理想。

那里有红色高耸的山岩,

狂风用千万只手

将它们缔造:

盲目的猩红色从深渊升起

在山岩中孕育出铜、火焰和力量。

亚美利加,像一张展开的野牛皮,

驰骋的夜空晴朗,

仰望高高的繁星密布,

我畅饮你杯中碧绿的露珠。

是的,从荒凉的亚利桑那和崎岖的威斯康星,

到风雪中高高的密尔沃基城

或西棕榈滩炎热的沼泽,

靠近塔科马的松林,①

在你树林中那浓郁的钢铁气味中,

我踏着母亲大地,

翠绿的叶子,瀑布的碎石,

---

① 密尔沃基、西棕榈滩、塔科马都是美国的城市,分别属于威斯康星州、佛罗里达州和华盛顿州。

恰似音乐般颤动的飓风,
犹如寺庙祈祷的河流,
野鸭和苹果,土地和水,
无限的宁静,为了使麦苗萌生。

在那里,从处于中心位置的岩石,
我能向空中伸展耳朵、眼睛和臂膀,
能听见书籍、机车、降雪、斗争、
工厂、坟墓、植物的脚步,
曼哈顿船上的月光,
纺织机的歌唱,
吞吃泥土的挖掘机,
兀鹫啄食般的钻孔机
和所有切割、压榨、奔驰、缝纫的声响:
物质和车轮循环往复地来到世上。

我爱"农夫"的小屋。年轻母亲们睡得安详,
散发着罗望子甜饮
和刚熨过的衣料的芳香。
炉火燃烧在千家万户,洋葱的气味在那里飘扬。
(男人们的声音像河底的卵石般粗犷,
当他们在岸边歌唱:
烟草离开了宽宽的叶片
像火的精灵进入这些人家。)

请到密苏里来,看看奶酪和面粉,
喷香的餐桌,红得像提琴一样,
男人在大麦田里航行,
初次被乘骑的青色幼马
洋溢着面包和苜蓿的芬芳:
教堂的钟,虞美人,铁匠铺,
在乡野简陋的电影院里
在从大地诞生的梦乡
爱情展开自己的牙床。
我们爱的是你的和平,而不是你的面具。
美丽的并不是你武士的脸庞。
北美啊,你美丽又宽广。
你出身卑微,像河边
洁白的洗衣女。
自身建筑于陌生中,
你的甜蜜是蜂房的平静。
我们爱你的男人,他双手
沾满俄勒冈红色的泥土,
爱你的黑孩子,他给你带来
诞生于象牙之乡的音乐;
我们爱你的城市,你的本质,
你的机制,你的光明,
你那西部的活力,养蜂场和村镇
蜜一般的和平,

驾驶拖拉机的壮小伙儿,
你从杰弗逊①那里继承的燕麦,
丈量你茫茫大地轰鸣的车轮,
工厂的烟柱和新建居民区的
第一千次亲吻,
我们爱的是你劳动者的血液:
你手上沾满油污的人民。

在草原的夜幕下,在那张野牛皮上,
那些音节,关于我的过去
和我们过去的歌,在沉静中
停息的时间已经很长。
麦尔维尔②是海边的枞树,
枝头上长出一条船体的曲线,
一只木头和航船的臂膀。
惠特曼③,像谷粒般不可估量,
爱伦·坡④沉浸在自己数学的黑暗,

---

① 杰弗逊(Thomas Jefferson,1743—1826),美国第三任总统。
② 麦尔维尔(Melville,1819—1891),美国小说家,代表作为《白鲸》。
③ 惠特曼(Whitman,1819—1892),美国诗人、自由诗开创者,代表作是《草叶集》。
④ 爱伦·坡(Allan Poe,1809—1849),美国作家,以诗集《乌鸦》成名,小说《黑猫》对西方文坛产生了广泛影响。

德莱塞①、沃尔夫②

是我们自身缺失的新的创伤,

刚刚出名的洛克里奇③,束缚于深度,

又有多少其他人,被黑暗捆绑:

本半球的曙光在他们身上点燃,

我们的现实体现在他们身上。

强势的王子们,盲目的首领们,

有时在事件和恐惧的丛林之间,

被快乐和痛苦打断,

在车辆纵横的草滩下,

多少死者在人迹罕至的平原被埋葬:

多少无辜的受害者,多少刚问世的预言家,

死在这张大草原的野牛皮上。

从法兰西,冲绳岛,莱特礁④

---

① 德莱塞(Dreiser,1871—1945),美国小说家,主要作品有《嘉莉妹妹》《珍妮姑娘》等。

② 沃尔夫(Wolfe,1900—1938),美国小说家,作品有《时间与河流》《网与石》等。

③ 洛克里奇指弗朗西斯·洛克里奇和理查德·洛克里奇夫妇,美国侦探小说家,他们于1945年发表的《一撮毒药》是聂鲁达很喜爱的作品。

④ 冲绳岛、莱特岛都是太平洋中的岛屿,在第二次世界大战中那里发生过两栖战役。美国作家诺曼·梅勒写过一本题为《裸者与死者》的小说,即以此为题材。

(诺曼·梅勒[①]对此有记述),
从愤怒的天空和汹涌的海浪,
几乎所有小伙子都回到了家乡。
几乎所有……泥土和汗水的经历
都是苦涩的:他们没听够
礁石的歌唱,或许
也没摸过芬芳鲜艳的花环,
除非死在岛上:
    血和粪便
追逐他们,污垢、老鼠,
和一颗疲惫、孤独、拼搏的心脏。
但他们毕竟回来了,
      你们接受了他们
在辽阔的空间和广袤的大地上
而他们(归来的人们)却将自己
封闭起来,恰似无数不知名的花瓣
组成的花朵,为了再生和遗忘。

2

而且,除此之外,在家里

[①] 诺曼·梅勒(Norman Mailer,1923—2007),美国作家,1968 年和 1980 年凭借《夜幕下的大军》和《刽子手之歌》两度获得普利策奖。

他们还遇到一位客人,

或许他们有了新的眼光（要么从前是盲人）

或许是他们的眼皮被带刺的树枝划破,

或许是美利坚的土地上出现了新的情况。

那些和你一起战斗过的黑人,坚强

而且笑容可掬,请看:

     有人将燃烧的十字架

放在了他们家门前①,

吊起并烧死了你的血缘兄弟:

从前要他去当兵,如今却剥夺

他说话和表决的权利;

蒙面的刽子手在夜间

集合,拿着十字架和皮鞭。

      （在海外

征战听到别的事件。）

       这位

不速之客像一条凶狠的老章鱼,

身躯庞大,贪得无厌,

小兵啊,他已经在你家里盘踞:

传媒渗透着柏林培植的古老毒液,

(《时代》《新闻周刊》之类)

---

① 美国种族主义暴力组织"三K党"的习惯,在对黑人家庭施暴之前,将一个点燃的十字架放在其家门口。

变成了告密的黄色页面。曾向纳粹
唱情歌的赫斯特[①]，如今笑容满面
却又削尖了爪子，目的是
让你们重新奔赴岛礁或荒原
为了这霸占了你家的客人去征战。
他们不让你喘息：他们要继续
出卖钢铁和枪弹，准备新的军火
并尽快卖掉，在更新的军火
提前出炉并被新的军火商掌控之前。

主子们窃取了你的家园
将向各处派遣军队，
他们喜爱黑色西班牙[②]并献给你一杯血酒：
马歇尔[③]鸡尾酒（枪毙一人，勾兑百杯）。
你们挑选青年人的血：
中国农民，
西班牙囚犯，
智利铜矿和煤矿的女人们的泪水，
产糖古巴的血汗，

[①] 赫斯特（William Hearst，1863—1951），美国当时的报界大亨，曾煽动美西战争。

[②] 指佛朗哥（Francisco Franco，1892—1975）统治下的西班牙。

[③] 马歇尔（Marshall，1880—1959），第二次世界大战后曾任美国国务卿，这里指他的"援助欧洲复兴计划"，俗称"马歇尔计划"。

然后用力搅拌,

像挥舞大棒,

不要忘记加上冰块儿

和几滴"捍卫基督文化"的礼赞。

这种混合苦涩?

小兵啊,你很快就会习惯。

在世界的任何地点,

在月夜或清晨,在豪华酒店,

您都可以要这种提神去暑的饮料

并支付印有

华盛顿头像的大额钞票。

你还会遇到查理·卓别林,

世上最后一位温柔的父亲,

他不得不逃匿,而作家们(霍华德·法斯特[①]等)

学者们和艺术家们

在你的家园

都要坐上被告席,因"非美"思想

而接受发了战争财的商人们的审判。

[①] 霍华德·法斯特(Howard Fast, 1914—2003),现代美国小说家,1942年加入美国共产党,曾因参加"非美活动委员会"而受迫害。他于1948年写过题为《聂鲁达在世界和平大会》的报道,并于1953年获斯大林和平奖金,后因苏联出兵匈牙利而与其关系破裂,1957年退出美国共产党。

恐惧蔓延到了世界最远的边沿。
我的姑母读到这些消息感到震惊，
地球上所有的眼睛
都在注视这些可耻的、报复的法庭。
这是血腥的巴比特们①、奴隶主们、
杀害林肯的刽子手们的审判庭，
这是如今新的宗教裁判所，它并非十字架
所建（当年也是令人恐惧和不可思议），
创建它的是无权审判
却在银行和妓院的桌面
叮当作响的金钱。

莫里尼戈，特鲁希略，贡萨莱斯·魏地拉，
索摩查，杜特拉②在波哥大聚集并狂欢。
你，年轻的美国人，你不了解他们：
他们是我们天空中黑心的吸血鬼，
他们的翅膀投下的阴影是苦难：
监狱、酷刑、仇恨、死亡：
拥有石油和硝石的"南方"③

---

① 巴比特是美国作家辛克莱·刘易斯（Sinclair Lenis，1885—1951）早期作品《巴比特》中的主人公，是美国大资产阶级的典型形象。
② 他们分别是巴拉圭、多米尼加、智利、尼加拉瓜和巴西的独裁统治者。
③ 指美国以南的地方，即拉丁美洲。

却孕育了魔障。

    黑夜里,在智利,在洛塔①,
屠夫的命令传到矿工们简陋潮湿的家中。
孩子们哭着从梦中惊醒。

    人们会想,千万个
这样的人被关进了牢笼。

    在巴拉圭
树丛浓密的阴影笼罩着
遇难爱国人士的尸骨,
在夏夜闪烁的磷光中,
只听一声枪响。

   真理
在那里死亡。

    范登堡先生、阿穆尔先生②
马歇尔先生、赫斯特先生
为什么不去干涉圣多明各以保护西方?
为什么在尼加拉瓜,
总统先生会在半夜惊醒,
仓皇出逃并在流亡中客死他乡?

---

 ① 智利中部城市,有丰富的煤矿。
 ② 范登堡(1884—1951),美国共和党参议员,第二次世界大战后积极支持杜鲁门主义、马歇尔主义和北大西洋公约组织;阿穆尔(1894—1951)是美国出版商、保守党参议员,代表美国参加了联合国成立大会。

(那里要保卫的是香蕉而不是自由，
对此，索摩查足以担当。)
             唉，小兵啊！
这些"伟大的"胜利的思想
如今正在希腊①和中国推广，辅佐那里
龌龊的政府，它们就像肮脏的地毯一样。

3

亚美利加，远离你的土地，
我同样会四海为家，日复一日
飞行，经过，歌唱，对话。
在亚洲、乌拉尔、苏联，我浸透
孤独和松脂的心灵得到了舒展。

我热爱人类在各个领域
通过爱和斗争创造的一切。
在乌拉尔，松林古老的夜色
和雄伟立柱的寂静
依然环绕我的寓所。
在这里，小麦和钢铁
在人类的胸膛和手中诞生。

---

① 指希腊内战，它是杜鲁门主义的起因。

铁锤的歌声使古老的树林欢畅
宛若新生的蓝色景象。
我从这里注视人民的广大区域,
妇女和儿童的乐土,
爱情、工厂和歌曲,学校
在森林中像紫罗兰一样闪耀
昨天那里还有野生的狐狸乱跑。
从这一点,我的手
能涵盖地图上碧绿的草地,
上千座工厂的烟缕,
纺织品的芳香,
能量被驯服的奇迹。
傍晚,我沿着
刚刚设计的新路回家
并走进厨房
那里煮着卷心甘蓝,
世上又平添了一股清泉。

这里也有年轻人返回家园,
但千百万人却留在后面,
他们被钩子钩住,被处以绞刑,
被焚化在特殊的炉中,
被彻底毁掉,
只留下人们记忆中的姓名。

他们的村镇也被杀戮：

苏维埃的土地被杀戮，

无数的尸骨与碎玻璃混在一起，

奶牛和工厂，甚至连春天

也被战争吞噬而消失了踪影。

年轻人回来了，然而

他们对祖国建设的热爱

却和那么多的血相互交融，

他们用血管呼唤"祖国"，

用血液歌唱苏维埃联盟。

当他们回来，使城市、牲畜

和春天复苏的时候，

攻克普鲁士和柏林的人们

发出了的高亢呼声，

沃尔特·惠特曼，昂起

你那草叶似的胡须，和我一起

从树林和馥郁的旷野眺望。

沃尔特·惠特曼，你看到了什么？

我深刻的兄长说：

我看到在光辉的斯大林格勒[①]，

在那纯洁的首府，

在那死者缅怀的城市，

---

① 即今伏尔加格勒。

那些正在开工的巨大的工厂。
从那战斗过的平地,
从苦难和烈火中,
在湿润的清晨,我看到一台拖拉机
正驶向原野,发出隆隆的声响。
沃尔特·惠特曼,把你的声音,
把你埋在地下的胸膛的重量,
把你脸上的根须给我,
我要为重建家园高歌!
让我们共同歌唱从所有的痛苦中
挺立起来的一切,从巨大的沉静
庄严的胜利中涌现
出来的一切:
    斯大林格勒,
请发出你钢铁的声音,让希望
像集体之家,一层一层地生长,
前进中会有一种新的冲动
在教育,
建设
歌唱。
斯大林格勒就像水、石头
和钢铁组成的乐队,从血泊中崛起
而面包又在面包房里获得新生,
春天又来到学校,新的脚手架

新的树木与日俱增,伴随古老
而又坚强的伏尔加河的涌动。
　　　　　　　　　　这些书籍,
装在用红松和雪松制成的新的书箱里,
其所在之处
原来是死去的刽子手们的坟墓:
这些建筑在废墟上的剧院
掩盖了苦难和抵抗;
书籍像纪念碑一样明亮:
一本书讲述一位英雄,
讲述每一毫米死亡,
讲述每一个花瓣不可磨灭的荣光。

苏联啊,倘若我们
能将你在斗争中流的全部血液,
将你像一位母亲为了拯救垂死的自由
而献给世界的全部血液汇合起来,
我们将会有一个新的海洋,
比任何一个海洋都更深,
比任何一个海洋都更广,
它像河流一样有生命力,

像阿劳科火山①一样喷薄向上。

世界各地的人啊,

将你的手伸进这海洋,

然后再举起来,将那忘记过去之人,

横行霸道之人,撒谎行骗之人,

龌龊不堪之人,将那与西方垃圾堆中

千百条狗沆瀣一气、玷污你的血液的人,

统统淹死。啊,自由人的母亲!

沐浴着乌拉尔松林芬芳的气味

我注视着图书馆

诞生在俄罗斯心中,

实验室里一片寂静,

一列列火车驶向新的城市,

满载着木材和歌声,

这馨香的和平宛如新的胸膛

脉搏的律动在那里成长:

鸽子和姑娘们回到草地

她们的洁白在那里飘荡;

橘树林挂满了金色的果实,

每天清晨

---

① 阿劳科火山是智利境内的火山。阿劳科人是智利的印第安人,曾顽强抵抗殖民时期的西班牙远征军。史诗《阿劳加纳》对此有详尽的描述。

洋溢着新的芳香，

这新的芳香来自高原，

那曾是苦难最深重的地方：

工程师们用他们的数字

使平原的地图震颤，

一道道管线像一条条长蛇

在蒸汽缭绕的初冬的大地上盘旋。

在克里姆林宫的三个房间，

住着一个叫约瑟夫·斯大林的人。

房间里的灯光熄灭得很晚。

世界和祖国不给他休息时间。

其他的英雄们使祖国诞生，

而他不仅要孕育祖国，

还要建设她，

保卫她。

无比辽阔的祖国就是他自己的身体，

因此，他不能休息，因为祖国并不休息。

从前，冰雪和火药

使他面对古老的匪患——

他们一心想（如今又一次）使"鞭刑"①

贫困、奴隶们的苦难

---

① 原诗中为 knut，即皮鞭，是沙皇时期的刑具。

和千百万穷人以往的煎熬死灰复燃。
他曾和弗朗格尔和邓尼金之流①
这些西方派来"保卫文化"的家伙作战。
那些刽子手们的虾兵蟹将
在苏联广阔的国土上,只落得魂不附体,
斯大林辛勤工作,不分黑夜和白天。
可后来被张伯伦②豢养的德国人
又驾着枪弹的浪潮来进犯。
斯大林在漫长的国境线上与他们对垒,
进行各种各样的转移和进攻,
他的子弟们像人民的飓风,直抵柏林,
赢得了俄罗斯广泛的和平。

莫洛托夫和伏罗希洛夫③
也在那里,我见到了他们,
还有其他的高级将领,
那些不屈不挠的人们。
像雪中的圣栎树一样坚定。

---

① 弗朗格尔(Wrangel,1878—1928),俄国内战后期的白军将领;邓尼金(Denikin,1872—1947),1918年出任南俄白军司令。
② 张伯伦(Chamberlain,1869—1940),英国首相,1938年同希特勒签订了《慕尼黑协定》,为纳粹侵犯欧洲提供了方便。
③ 莫洛托夫(Molotov,1890—1986),苏联政治家、外交家;伏罗希洛夫(Voroshilov,1881—1969),苏联军事家。

他们谁也没有宫殿,
谁也没有成群的奴仆,
谁也没有在战争中
靠出卖人血而成为富翁,
谁也没有像骄傲的孔雀一样
率领一帮心黑手狠的打手
去里约热内卢或波哥大逞凶:
他们谁也没有两百套服装,
谁也不是兵工厂的股东,
他们只在快乐和国家建设中
入股,他们辽阔的国家
在死亡之夜升起了响亮的黎明。
他们称世人为"同志",
使木匠成了国王。
骆驼将无法穿越那样的针孔①。
他们清洁了农村,
分配了土地,
解放了奴隶,
消灭了乞丐,
扫除了大大小小的恶人。
给长夜带来了光明。

---

① 源自《圣经·马太福音》,意为"绝不可能"。

因此，阿肯色的姑娘，

或者西点①的金发青年，

或者底特律的机械师，

或者老奥尔良的搬运工人，

我要告诉你们：请站稳脚步，

聆听这广阔世界的声音，

此刻和你们讲话的人

不是国务院风度翩翩的绅士，

也不是凶残的钢铁大王，

而是美洲南端的一位诗人，

帕塔哥尼亚铁路工人的儿子，

像安第斯山的空气一样的美洲人，

如今是离开祖国的流亡者，

在他的祖国，监狱、刑罚、苦难泛滥，

而铜和石油却渐渐变成了

外来主子的金钱。

　　　　你不是

一手拿着黄金

一手拿着炸弹的偶像。

　　　　你是

现在的我，曾经的我，我们

应共同保护之物，极纯洁的

---

① 美国纽约州的城市，以其军校闻名于世。

美洲底层兄弟般的土地，

街上和路上朴实的行人。

我的兄弟胡安在卖鞋

如同你的兄弟约翰；

我的妹妹胡安娜在削土豆皮

如同你的表妹珍妮；

我的血是矿工和海员的血，

彼得①啊，和你的一样。

你和我一起将门打开

让乌拉尔的风

穿透黑色的帘栊，

我们一起告诫那暴徒：

"亲爱的朋友，此处禁止通行！"

这边的土地属于我们，

这里听不到机关枪的轰鸣，

而只有歌声，歌声，歌声。

4

然而，美国啊，倘若你武装起

---

① 胡安、约翰、胡安娜、珍妮以及彼得分别是西班牙语和英语中常见的普通人的名字。

自己的军队,去摧毁那纯洁的边境
派遣芝加哥的屠夫
掌控我们
热爱的音乐和秩序,
我们将从岩石和空气中出来
将你咬死;
从最后一个窗口出来放火
将你烧死;
从最深的波浪中出来
用芒刺将你刺死;
从田垄中出来,让种子
像哥伦比亚的拳头将你猛砸;
我们将断绝你的面包和水,
在地狱中将你焚化。

士兵啊,你不要踏进
温柔的法兰西,在那里
我们将把碧绿的葡萄酿成醋,
让贫苦的姑娘们领着你
去看德国人未干的血迹;
也不要登上西班牙干燥的山峦
因为每块岩石都会变成火,
勇敢的人们会在那里战斗千年;
不要在橄榄林中迷失方向

因为你休想再回俄克拉何马的家园；

而且你也别去希腊，因为就连你今天

让人流出的血都会奋起将你们阻拦。

你别来托科皮亚①钓鱼

因为剑鱼将识破你们的掠夺

而黝黑的矿工会从阿劳卡尼亚②

找出埋藏在地下的古老的利箭

它们正等着将新的征服者射穿。

你们不要相信唱着"维达丽塔"③的高乔人，

也别相信冷库里的工人④。他们

将在四面八方，握着拳，瞪着眼，

像恭候你们的委内瑞拉人一样

一手拿着吉他，一手拿着瓶装的汽油弹。

你也不要，不要进入尼加拉瓜：

桑地诺⑤正睡在森林里等着这一天，

他的步枪布满了青藤和雨水，

他的脸上已经没有眼睑，

---

① 托科皮亚，智利北部港口城市，产铜。
② 智利南方阿劳科人居住的地区，阿劳科人勇敢善战，曾顽强抵抗西班牙征服者。
③ 维达丽塔（Vidalita）是阿根廷的情歌小调，流行在潘帕草原的高乔人中。
④ 指阿根廷人。阿根廷畜牧业发达，需冷库储藏牛肉。
⑤ 桑地诺（Sandino，1893—1934），尼加拉瓜民族英雄，曾于1926年率工人宣布起义开展反美斗争。

但是你们杀害他的伤口还在感染
就像波多黎各的双手
在等候着刀光闪闪。
世界对你们将毫不手软。
不仅是那些荒无人烟的岛屿,还有风
——它早已熟悉自己喜欢的语言。

你千万别到高高的秘鲁去寻找炮灰:
我们同一血缘的温和的祖先
正在断碣残碑的迷雾中
磨砺他们紫晶的宝剑,
山谷中雄浑的螺号
会召集武士和弓箭手
他们都是阿马鲁①的儿孙。你也不要
去墨西哥山地寻找与曙光作战的人,
萨帕塔②的枪支并没有昏睡,
擦拭好了,正向得克萨斯③的土地瞄准。
你也不能去古巴,大汗淋漓的甘蔗林
在大海的光辉里,等候你的只有阴沉的目光

---

① 即图帕克·阿马鲁二世(Túpac Amaru II,约 1742—1781),秘鲁印第安人革命家,曾组织反抗西班牙殖民统治的暴动,失败后惨遭杀害。
② 萨帕塔(Emiliano Zapata,1879—1919),墨西哥革命时期南方农民运动领袖。
③ 得克萨斯原是墨西哥领土,美墨战争后被美国吞并。

和一致的怒吼：杀敌或死亡！

　　　　　　你千万

不要去喧闹的意大利游击区，
别离开你那驻扎在罗马由身穿夹克衫的士兵
组成的队伍，别离开圣彼得教堂：
离开那里，到处是乡村的圣徒，
海上捕鱼的圣徒，他们粗犷勇猛，
热爱那伟大的草原之国
世界曾在那里重新获得繁荣。

　　　　　　你千万

别碰保加利亚的桥梁，罗马尼亚的河流
不会放过你，我们将给它们注入沸腾的血液
让它们烧死侵略者：你也别向农民打招呼，
如今他已认识封建主的坟墓，正握着
犁耙和步枪瞭望：你只要看他一眼，
他便会像星星一样将你烧光。

　　　　　　你千万

别在中国登陆：洋奴买办蒋介石身边
将不再有腐败的官僚集团：
等候你们的将是农民们
镰刀的丛林和炸药堆成的火山。

在以往的战争中曾使用灌满水的沟堑，
后来又有带钩带刺的铁丝网，一层又一层，

可这里的沟更大、水更深,
这里的铁丝网比任何金属都不可战胜。
它们是由金属和人的原子共同构成,
是扭成一个和千百个结的无数生命:
是各地人民古老苦难的结晶,
他们属于所有遥远的王国和山谷,
属于所有的旗号和航船,
属于所有群居的洞穴,
属于所有顶着风暴撒开的渔网,
属于大地所有粗犷的沟壑,
属于所有炽热锅炉的地狱,
属于所有的纺织厂和铸造厂,
属于所有散落或集合起来的火车。
这铁丝能绕地球一千次:
好像是被驱逐,时续时断
但会突然如磁铁般
连结起来布满人间。但还不止于此,
冻土带和西伯利亚的男人和妇女,
战胜过死神的伏尔加河畔的勇士们,
斯大林格勒的孩子,乌克兰的巨人,
光芒四射,坚定果敢,
意志如钢,笑容满面,
歌唱、战斗
或等候你们来犯,整个一道

宽阔的高墙，筑成它的是石块
和鲜血、钢铁和歌声、勇敢和期盼。
如果你们胆敢碰一碰这高墙
便会被焚烧，像电厂的煤炭一样，
罗切斯特①的微笑将会化作黑暗
然后被草原的风吹向四方
最后永远被雪埋葬。
所有战斗过的人们都将到来，
从彼得大帝到新的惊天动地的英雄，
他们将自己的勋章变成小小的冷酷的子弹，
并让它们从如今欢乐
宽广的全部国土呼啸不停。
而且从那爬满藤蔓的实验室
会有解除桎梏的原子
飞向你们那些傲慢的城市。

5

但愿别发生这样的事情。
让伐木者醒来吧。
让亚伯拉罕带着他的斧头
和他的木碗

---

① 罗切斯特，美国纽约州北部的工业城市。

来和农民一起用餐。
让他那树皮似的头颅，
他那注视着一块块木板
和圣栎树褶皱的双眼，
升至比红杉树
更高的树冠，
再一次把这世界察看。

让他到药房去买药，
让他乘坐去坦帕的公共汽车，
让他咬一口黄色的苹果，
让他走进电影院，
和所有的普通人交谈。

让伐木者醒来吧。

让亚伯拉罕来吧，
让他那古老的酵母使伊利诺伊
碧绿和金黄的大地充满生机，
让他在自己的国家举起斧头
砍向新的奴隶制，
砍向抽打奴隶的鞭子，
砍向有毒的印刷品，
砍向人们出售的

血腥的商品。
让白人青年和黑人青年
满面春风,高歌向前,
面对黄金的壁垒,
面对仇恨的制造者,
面对倒卖血液的商贩,
高歌,微笑,凯旋。

让伐木者醒来吧。

6

和平属于即将到来的曙光,
属于桥梁,属于葡萄酒,
属于这些文字,它们将我寻觅
并在我的血液中升腾
使古老的歌融合土地和爱情,
和平属于清晨的城市
当面包觉醒,和平
属于密西西比河,根脉之河:
和平属于我兄弟的衬衣,
和平宛如风留在书中的印迹,
和平属于基辅伟大的集体农庄,
属于这些和另一些

死者的骨灰，属于布鲁克林
黑色的钢铁①，属于像日子一样
挨家挨户送信的邮差，
和平属于编舞者，手持喇叭筒
向那些藤蔓高喊，
和平属于我的右手，
它只想写罗莎里奥②的名字，
和平属于像锡矿石
一样神秘的玻利维亚人，
和平为了让你结婚，和平属于
比奥比奥③所有的锯木厂，
和平属于游击战士的西班牙
那破碎的心，
和平属于怀俄明州小小的博物馆
那最温情的展品：
一个枕头上绣着一颗心。
和平属于面包师和他的情侣们
和平也属于面粉，
属于所有要萌生的麦苗，
属于所有寻找树荫的爱，

---

① 指纽约市布鲁克林钢索桥。
② 暗指诗人的第三位妻子玛蒂尔德·乌鲁蒂娅。
③ 智利最长的河流之一，全长380公里，入太平洋。

属于所有的土地和水,
属于所有活着的人。

在此我要告别了,
我要回家,
魂牵梦绕的帕塔哥尼亚,
风在那里敲打着畜栏,
冰块溅出了洋面。
我不过是一位诗人:我爱你们所有的人,
我在自己热爱的世界上游荡:
在我的祖国,矿工被关进牢中,
士兵向法官发号施令。
但是我热爱自己寒冷的小国
直至它的每一条根。
即使死一千次,
我愿一千次在那里死;
即使生一千回,
我愿一千回在那里生……
在野生的阿劳科杉附近,
迎着南极的劲风,
听着新买来的钟的响声。
但愿谁也不要将我思念。
让我们想一想整个世界,
将爱情拍在桌面。

我不愿鲜血再将面包、菜豆
和音乐浸染,我愿矿工、女孩
律师、海员、布娃娃的制造者
和我一起走进电影院,然后
出来畅饮最红的琼浆。

我不是为了解决任何问题而来。

我来这里是为了歌唱
为了你和我一起歌唱。

我是①(节选)

1 边境(1904)

最先看到的是树木,
美丽的野花装点着峡谷,
湿润的领地,燃烧的树林
和泛滥在世界背后的冬天。
弄湿的鞋子,森林中倒在地上
爬满青藤和甲虫的枯朽树干,

---

① 这是《漫歌》的最后一章。

燕麦垛上的美好日子，
还有金色胡须的父亲离家
到威武的铁路去上班，
这些就是我的童年。

我家门前，南方的雨水
冲刷低洼的地方，形成一片
穿着丧服的黏土的泥塘，
每逢夏季到来，一切都变成黄色，
木轮大车拉着孕育了九个月的小麦，
吱吱嘎嘎，哭得好不心伤。
南方转瞬即逝的太阳：
　　　　　　　　麦茌，
红土路上的烟尘，弯弯曲曲的
河岸，畜栏和牧场
映着正午的蜜甜。

尘埃的世界渐渐进入棚房，
穿过木桶和羁绊，
进到摆满红色榛木酒桶的
地窖，树林所有的眼睑。

我好像在夏日炎炎的衣服中
随脱粒机的皮带在上升，

屹立在橡树林中,在长满
波尔多树的大地上,不可磨灭,
像粘在轮子上被压的肉一样。

我的童年经历了不同的季节:在铁轨
之间,原木的城堡,家不在城市,
几乎没有牲畜和散发着
不可磨灭的香味的苹果树的呵护,
我是个瘦弱的孩子,苍白的形体
浸透着空旷树林和酒窖的气息。

2 投石手①(1919)

爱情,或许是模棱两可、举棋不定的爱情
只是撞击嘴巴的忍冬,
只是如同黑色篝火
升向我孤独的发辫,
还有:夜晚的河流,天空的标记,
湿漉漉转瞬即逝的春光,
头脑寂寞疯狂,夜里
欲望唤醒它残酷的小郁金香。

---

① 该诗写的是诗人的少年时代,即其写诗的初期;标题隐指其早期作品《热情的投石手》,初版于1933年,但其写作年代远早于此。

我扯去天上星座的叶子,弄伤自己,
在和群星的接触中磨砺手指,
一丝一缕地将一座无门城堡
冰冷的结构编织,

     噢,繁星闪烁的爱情
它的茉莉徒劳地阻止了自己的透明,
噢,在恋爱的日子里,云团如同哭泣
将泪水洒入充满敌意的草丛,
赤裸的孤独系于一片阴影、一道
爱慕的创伤、一轮难驯化的月亮。
叫我的名字吧,我或许对玫瑰说过:
或许它们,是渺茫仙果的身影,
世界的每次颤动都了解我的行踪,
最隐秘的角落在等我,还有原野上
参天大树的雕像:十字路口的一切
都搅得我恍惚慌乱
将我的名字散落在春天。
那时,燃烧的百合,甜蜜的面孔,
你,充满野性,并未和我做相同的梦,
被影子追踪的勋章,无名的爱侣,
全部由花粉的结构,由不纯的星球上
所有燃烧的风组成:
爱人啊,整洁而又守信的花园,
我的梦想就在你身上,而且

像面包的酵母一样在生长。

3　家

我的家，墙上新装的木围子
还散发着清香：杂乱的房屋
在边境上，每走一步都会吱吱作响，
和南方天气的战乱之风一同呼啸，
化作风暴的元素，我的歌声
在陌生鸟类的羽翼下成长。
我见过幽灵，面孔就像
围绕我的根基生长的植物，
在树荫下哼着歌曲
并在湿漉漉马群中飞驰的亲人，
躲藏在阴影中的女性
任男性的高塔
冲击着阳光飞奔，
　　　　　　　在苦涩的
人迹稀疏的夜晚，许多狗在狂叫。
大地上，天还未亮，
父亲乘着呜呜鸣叫的列车
驶向何处迷失的群岛？
后来，我爱上了煤烟的味道，
机油，轮轴精确又冰凉，

列车像骄傲的毛毛虫
穿越在漫长冬天的大地上。
突然,房门颤动。
      那是父亲。
路上的人群簇拥着他:
披着潮湿斗篷的铁路工人,
满屋子是随他们进来的雨水和热气,
饭厅里响彻用嘶哑的声音
讲述的故事,酒纷纷一饮而尽,
在我和那些人之间,仿佛隔着一道
栅栏,他们那里是痛苦、忧愁,
贫穷矿石的爪子,是不幸的伤痕,
是一群身无分文的男人。

4 旅伴(1921[①])

后来,我到了首都,依稀浸透着
雨水和云雾。那是怎样的街道啊?
难闻的煤气、咖啡和砖头的味道
聚集在一九二一年的服装。
我在大学生中生活却不理解他们,
关在房中,每到傍晚

[①] 当年聂鲁达去到首都圣地亚哥并进入教育学院学习法语。

就到可怜的诗歌中去寻找
已经消失的花枝、水滴和月亮。
每到傍晚,我便沉入水底,
抓住那些难以触摸的刺激,
那些海上被抛弃的海鸥,
直至闭上双眼
在自己的本质中遇难。

      难道是黑暗,
只是地下隐秘的、潮湿的叶片?
死神从什么受伤害的材料脱落出来
直接触及我的肢体,引领我的笑容,
并在大街上挖出一个不幸的陷阱?

我走出去生活,我成长
并变得坚强,走进穷街陋巷,
冷酷无情,谵妄地在边境歌唱。
墙壁上充满不同的面孔:
不看光明的眼睛,
罪行启示的污水,
孤傲的遗风,洞穴中
充斥的破碎的心灵。
我同这一切走到一起:
只有在它们的合唱中,我的声音
才认识到诞生之初的孤苦伶仃。

我开始成为

在火焰中歌唱之人,

受到那些夜间和我在客栈里

一同歌唱的伙伴们的欢迎,

他们给了我不止一个

用自己的抗议之手捍卫的春天,

给了我唯一的火,破败城郊

真正的植物,给了我

不止一种的柔情。

5 女大学生[①](1923)

啊,你,更甜蜜,比甜蜜

更无边无际,影子中

可爱的肌体:从往昔的日子

涌现,用浓重的花粉

快乐地将自己的酒杯斟满。

     从那

充满凌辱的夜晚,如同美酒流溢在嘴边,

氧化的紫色的夜晚,

我如同一座受伤的塔楼倒向了你,

---

① 指阿尔贝蒂娜·罗莎·阿索卡尔。聂鲁达于1921年与她相识并相爱。1924年出版的《二十首情诗和一支绝望的歌》中的许多作品都是为她而作。

在寒酸的床单之间,
你的星光冲着我闪烁直至烧焦了天。

啊,茉莉的罗网,啊,身体的火
在这新的身影中养成,
我们搂紧腰肢
触碰的黑暗,以谷穗的血的闪电
冲击着时间。

一无所有的爱情,在泡沫的
空虚中,死去的街道上的爱情,
爱情,当所有生命都死掉
它给我们留下的角落都在燃烧。

我啃咬女人,陷入筋疲力尽,
珍藏起一串串花束,
开始从亲吻到亲吻的旅途,
系于爱抚,被困在
冰冷毛发的洞穴,
被吻遍的双腿:在大地的
唇间,如饥似渴
用被吞噬的双唇狼吞虎咽。

6 游子（1927[①]）

我出海到达一个个港口。

污秽的岸边

吊车和库房间的世界

在裂缝中展示贫贱百姓和乞丐，

在船只的一侧

聚集着幽灵般的饥民。

     那些

处在沙滩上干旱的国度，

拖至脚底的长衫，从沙漠

涌出的闪光的披巾，

武装得像毒蝎，

在炽热权势布满

灰尘的网络上，守卫着石油的洞穴。

我曾在缅甸生活，

辗转于金碧辉煌的豪门

和浓密的丛林之间，老虎

在林中燃烧血迹斑斑的金指环。

[①] 1927年聂鲁达被任命为驻缅甸名誉领事，随即经布宜诺斯艾利斯、里斯本、马德里、巴黎和凡尔赛到达东方。

从我朝向达尔豪西街① 的窗口
飘来难以名状的气味，塔上的苔藓，
花粉和火药，香料和粪便，
从一个充满人类湿气的世界
一直飘到我身边。
      街道在用
用番红花的布匹和红色唾液
不停的运动将我召唤，
在伊洛瓦底江② 浑浊的波浪旁边，
混有鲜血和油渍的浓稠的江水
从高原而来，将自己的子孙疏散，
那里的神仙在泥土包围中
至少睡梦正酣。

7　远离这里

印度，我不爱你的破衣烂衫，
不爱你手无寸铁、衣不蔽体的民众。
几年来，我的眼睛
一直想攀登那些蔑视的丘陵
在碧蜡般的城市间，

---

① 缅甸仰光的街道。
② 缅甸的河流。

在护身的法宝间,在佛塔间——那里
有散发可怕刺激的血腥的糕点。
我见过聚集起来的卑鄙小人——
在他人之上,在兄弟的苦难之上,
见过街道像忧伤的河流,
被挤压在花木
巨大蹄爪间的小小村庄。
我曾在人群中,他们是时间的卫士,
在揭开乌黑的疮疤,奴隶们的反抗。
我进过庙堂,灰浆和宝石砌就的阶梯
混合着污秽的血迹和死亡,
僧侣们如同禽兽,沉醉于狂热的麻木,
将抛撒在地上的钱币争抢,
与此同时,噢,藐小的人啊,
脚下闪着磷光的巨大的偶像
伸长复仇的舌头,
或者,撕碎的花瓣
正滑行在红石雕成的阳具上。

8 石膏面具

我不喜欢……不知是怜悯还是恶心。

我跑过许多城市,西贡①,马德拉斯②,

坎迪③,直至阿努拉德普勒④

埋在地下的巨石,

而锡兰⑤的山崖上,悉达多⑥的雕像

好似鲸鱼。我去过更远的地方:

见过槟榔屿⑦的灰尘,

漫步在河流两旁,

到过极宁静的森林,去过曼谷以外

挤满芸芸众生之地,见过

戴着石膏面具的舞女的服装。

臭气熏天的海湾

撑托起灿烂宝石的屋顶,

宽阔的河面上,

成千上万的贫民

拥挤在成群的船房,其他人,

远离黄色的河流,

共同覆盖着无边的土地,

---

① 越南城市,即今胡志明市。
② 印度城市,即今金奈。
③ 斯里兰卡城市。
④ 斯里兰卡城市。
⑤ 即今斯里兰卡。
⑥ 佛教创始人释迦牟尼出家前作为太子时的本名。
⑦ 马来西亚西北部小岛,因盛产槟榔得名。

如同一张破烂的兽皮,

那是人民的皮,

受尽主子凌辱的皮。

    官长和王爷们

残害可怜工匠们的生命,

在挣扎的灯盏下苟延残喘,

在利爪和皮鞭之间

有更高的特权,

石油界的欧洲人、美国人,

在筑造铝的庙宇,

在无依无靠的皮上开犁,

创建新的血腥的献祭。

10 战争[①]（1936）

西班牙,沉浸在梦中,如同

一头秀发被谷穗弄醒,

我看见你诞生,或许,就在

艰难和黑暗之中,辛勤耕种,

从橡树林和山野之间奋起

带着被切开的血管巡视天空。

但是,我看见你在街角

---

① 指西班牙内战（1936—1939）。

遭到古老匪徒的攻击。

他们戴着面具，拿着

毒蛇做成的十字架，

双脚陷在尸体冰冷的泥塘。

那时节，我看见你的躯体

被从荆棘丛中抛出，

残破地落在血染的沙滩上，

裸露着，在弥留中

惨遭折磨，毫无希望。

直到今日，你岩石间的水

还在地牢中流淌，你默默地

支撑着带刺的王冠，看谁

更有力量：是你的痛苦

还是那些对你不屑一顾的脸庞。

我曾经历你的枪林中的黎明，

我愿人民和火药再次震撼

被玷污的树枝，直至梦想抖动，

散落在大地的果实重新聚拢。

11　爱情①

西班牙，你慷慨地赐予我坚贞的爱。

---

① 指聂鲁达同其第二任妻子黛丽娅·德尔·卡利尔的相遇。

我期待的柔情终于到来，
在我的唇上印下最深的吻
陪伴我的正是这样的人。

　　　　　暴风雨

没有使她离我而去，
距离也不能使我们
得到的爱情减少甜蜜。
在战火点燃之前，当你的身影
在西班牙的田野上出现，
那时我是复合的光，双重观念，
直至苦闷跌坠
在失落的岩石，滑过你的脸。
亲爱的，我从巨大的悲痛中，
从林立的鱼叉上，流入
你的河，就好像
奔驰的骏马，突然间
在愤怒和死亡中
遇到一个野性颤抖的瀑布，
收到一个清晨的苹果。
亲爱的，从那以后，
遍布我行踪的荒滩野地，
对我紧追不舍的黑暗海域
以及无际之秋的栗树便都认识了你。

谁没见过你？亲爱的，我的美女，
在斗争中，在我身边，就像
一个幻影，带着明星所有的标记。
如果有谁在人群中将我寻觅，
尽管我只是人类谷仓中的一粒，
怎能看不到你紧紧偎依着我的根基，
在我热血的歌中高高升起？

亲爱的，不知道是否还有时间和地方
将你苗条的身影再一次扩展到
我的作品里，我的妻：
这些日子艰苦卓绝而又光芒四射，
我们收获的是将眼睑和针刺
糅合在一起的甜蜜。
恋爱之前你早已存在，
我已记不清何时有了你：
      你来时
带着命运的全部精华，
而从前，只有孤独属于你，
或许还有你沉睡着的秀发。
今天，我的爱情之杯，我几乎
不叫你的名字，生命的主宰，
我的偶像，你如同太空中的
白昼，代表着世上的全部光辉。

12　墨西哥①（1940）

墨西哥，我到过，在两海之间②，
沿着你铁的颜色，攀登过
大小山岭，那里有充满
芒刺的修道院，
　　　　　　　城市
有毒的喧嚣，
成群的蹩脚诗人牙齿的虚伪，
死者的页面和一成不变的
寂静构筑的石阶上，
如同麻风病爱人的残肢似的
废墟上湿漉漉的光辉。

但是，从毒辣的兵营，
孤僻的汗水和金黄谷粒的长矛，
集体农业崛起
分配祖国的面包。

另一些时候，石灰质的山脉
阻断了我的路程，

---

① 当年聂鲁达到墨西哥就任智利驻墨西哥总领事职务。
② 墨西哥地处太平洋和加勒比海之间。

机关枪

扫射的风暴的各种形式
割碎了墨西哥皮肤昏暗的表层,
马群如火药之吻,
在穿过教堂辖区的树林。

  在被遗忘的继承人中间
  那些人勇敢地抹去了
  地界并交出了
  用鲜血赢得的土地,
  还有那些疼痛的手指,
  它们纠结于根须之南
  织就精细的脸谱,
  使大地布满花的玩具店
  和火的编织物。

我不知道自己更爱什么,是对
保持无情岩石强度的古代面孔的
挖掘,还是昨天滴着血的手
刚刚培育出的玫瑰。

就这样,我一处一处地
抚摸美洲的泥土,我的身躯,
忘却依托着时间上升

沿着我的血管，直到有一天，
它的语言将我的口震撼。

14　归来①（1944）

我回来了……智利以沙漠的黄脸庞
接待了我。
　　　　　我曾在沙质的火山口
漫游并吃尽干旱月亮的苦头，
遇到地球上蛮荒的领地，
没有葡萄藤的平滑的光，笔直的空虚。
空虚？但是，没有草木，没有蹄爪，没有粪便，
大地向我展示了自己赤裸的外延
和远方的路线，漫长而又寒冷，
胸脯火红性情温顺的飞禽在那里诞生。

然而，在更远处，人们在挖掘疆界，
收集散在四处的坚硬金属，
有的像苦涩谷物的面粉，
有的像烈焰上白炽的光晕，
人们和月亮，都用寿衣将我包裹
直至失去梦中空虚的线索。

---

① 聂鲁达于1944年回国竞选参议员。

我投身于沙漠,炉渣之人则离开
洞窟,从其无声的坎坷中走出,
我清楚我失落的人民的痛苦。

  于是我走街串巷,并去那些
  尊贵的地方,讲述自己亲眼所见,
  展示那双手,它们触摸过
  饱含痛苦的泥土、一贫如洗的
  住处、难以下咽的面包
  和被遗忘的月亮的孤独。

我想同我那没有鞋穿的兄弟
手挽手去改变这肮脏金钱的规矩。

我受到追捕,但是我们的斗争在继续。

比月亮更高的是真理。

  当矿区的人民将夜空张望,
  就好像在一艘黑色的船上看月亮。

  在黑暗中,我的声音
  被大地最坚强的种族分享。

15　木线

我是双目失明又无双手的木匠。
　　　　　　　　　　曾在
水下生活,经受过寒冷,
没造过芬芳的木盒,没用
一根根雪松建起宏伟的住房,
但是,我的歌曾寻觅森林的脉络、
隐秘的纤维、甜美的蜂蜡,
曾折断树枝,用木质的双唇
为孤寂增添一缕馨香。

　　我热爱每一种木料,每一滴
　　鲜血或金属,水和谷穗,
　　我进过流沙和空洞
　　保护的深厚的地层,甚至像
　　死人一样,用破损的口
　　在大地的葡萄中歌唱。

　　陶土、黏土、美酒曾覆盖着我,
　　我曾疯狂将肌肤的臀部
　　抚摩,它的花朵悬在我的喉咙下
　　如同烈火,我的感官在岩石上
　　漫游,冒犯封闭的伤疤。

不了解生前的职责,不成为
注定要捶打我的坚韧的
　　　　　　　冶金师,
或者被冬天的坐骑嗅过的锯末,
我怎么会改变我?

一切都变成了柔情和泉涌,
除了谱写夜曲,我一事无成。

20　巨大欢乐

我调查的阴影已不属于我。
我有着桅杆持久的欢乐,
森林的遗产、路上的风,
阳光照耀下的日子多坚定。

我写作不是为了让别的书籍俘虏,
也不是为了成为百合花的学徒,
而是为了要求水和月亮的百姓,
还有学校、面包和酒、吉他
和工具,这些稳定秩序的元素。

我为人民而写作,尽管他们
乡下人还读不懂我的诗歌。

但那一刻终将到来，像风一样
搅动我生命的诗句会传入他们耳中，
到那时，农民将抬起自己的眼睛，
矿工凿碎岩石将带着满面笑容，
拉风箱的工人将额头擦净，
渔夫将更清晰地看到鱼儿的闪光
活蹦乱跳地在自己的手中，
机械师，刚刚洗干净，还散发着
肥皂的香味，会翻阅我的诗，
他们也许还会说："这是一位同志。"

足矣，这就是我想要的荣誉。

我愿在工厂和矿山出口，
我的诗歌紧贴地气，
紧贴受欺凌者的胜利。
我愿有个青年把我用金属
慢慢造就的坚强看成一个宝盒，
在直面它、打开它时，发现生活，
并用自己的心灵去深入进去，感受
在狂风暴雨中赋予我欢乐的不断冲击。

21 死亡

我多次死而复活,
从落败星辰的深处
重建亲手布下的永恒的线索,
而现在我要死去,如此而已,土地
将掩埋我这注定要化作土地的躯体。

我没有购买一块牧师们
兜售的苍天,也没有接受
玄学家为无所事事的权贵
杜撰的愚昧。

我愿和那些无暇探究死亡的穷人
一起死去,当他们被那些
已有天堂并安排妥当的
人们虐待和打击。

我对自己的死已安排就绪,如同
等我穿戴的寿衣,我喜爱的颜色,
我需要的深度,
我徒劳地寻求的面积。

当爱耗尽其显而易见的物质

而斗争的铁锤转移

到另一些新生力量的手里，

死神就会来抹去

构成你轮廓的标记。

22 生命

让其他人去关心坟墓……

      世界

有一种苹果赤裸的颜色：江河

拖着野生勋章的洪流

而温柔的罗萨莉娅和胡安同志

到处都有……

      粗糙的石头筑就城堡，

比葡萄还要柔软的泥土

混合着麦麸建成我家的房屋。

广阔的土地，爱情，悠扬的钟声，

留待黎明的战斗，

等候过我的爱人的秀发，

绿松石沉睡的存储：

房屋，道路，构成被梦

冲走之雕像的波浪，

黎明中的面包房，

沙滩上有教养的钟表，

麦浪中的虞美人，
还有这双糅合我自己
生命题材的黑黝黝的手掌：
柑橘朝着生活点燃自己
在诸多命运的群体上。

让掘墓人去挖掘
那些倒霉的东西吧，让他们
拾起那灰烬暗淡的碎片，
让他们去讲述蛆虫的语言。
我的面前只有种子，
兴旺和甘甜。

23　遗嘱（Ⅰ）

我要把黑岛①海滨的房子
留给铜业、煤炭和硝石工会。
我要让祖国受虐待的孩子们
在那里休息，祖国被斧头
和叛徒们抢劫，其神圣的
血液遭毁灭，被踩躏成

---

①　原名科尔多瓦海滩，由于海岸岩石是黑色的，聂鲁达将这个地方改称"黑岛"。1939年，聂鲁达正式购买黑岛的土地和房屋。

火山的碎屑。

我愿那些疲惫的人们
在我的领地休息,沐浴
在纯洁的爱里,我愿
黝黑的人们坐在我的桌旁,
受伤的人们睡在我的床上。

兄弟,这里是我的家,
请来这海之花、星之石的世界,
这是我在贫穷中拼搏建成。
这里,声音在我的窗口诞生
如同在不断成长的海螺中,
而后又生成它的纬线
在我这杂乱无章的地层。

你来自炽热的巷道,
来自被仇恨啃咬
硫黄之风乱窜的矿井:
这里有我为你准备的宁静,
我的大洋的水和天空。

24　遗嘱（Ⅱ）

我要把自己的旧书留给
美洲新一代的诗人们，
这是我从世界各个角落收来，
其印制精美令人宠爱，
　　　　　　总有一天
他们会把明天的思想
编织在被中断的喑哑的织机上。

　　他们出生时，为了清理扭曲的教堂、
　　失衡的谷物和缠绕我们
　　贪婪原野的丝网
　　死去的伐木工
　　和矿工们粗野的拳头
　　可能已经付出了无数的生命。
　　让他们触摸地狱，
　　这摧毁宝石的过去，
　　让他们捍卫
　　歌中富足的人世，
　　苦难树上结出的果实。

　　在酋长们的尸骨上，
　　远离背叛我们的遗产，

在人民独自行走的充分的空气中,
他们将创建自己
漫长的胜利煎熬的章程。

愿他们像我一样热爱我的曼里克、
贡戈拉、加尔西拉索、克维多①:
                    他们
都是巨人般的卫士,白金的甲胄
和雪一般的晶莹,愿他们
教会我严谨,愿他们
向我展示严酷,在我的
洛特雷阿蒙②的著作里,在散发
臭气的垂死挣扎中寻找古老的悲鸣。
愿他们在马雅可夫斯基③的诗篇里,看到
明星怎样升起,谷穗如何在星光中诞生。

25 后事

同志们,请把我葬在黑岛,

---

① 戈麦斯·曼里克(Manrique, 1412—1490)、路易斯·德·贡戈拉(Góngora, 1561—1627)、加尔西拉索·德·拉·维加(Garcilaso, 1501—1536)、弗朗西斯科·德·克维多(Quevedo, 1580—1645),均为西班牙"黄金世纪"著名诗人。
② 洛特雷阿蒙(Lautréamont, 1846—1870),出生于乌拉圭的法国诗人。法国文学中一个神秘莫测的人物,一般认为他对超现实主义者有重要影响。
③ 弗拉基米尔·马雅可夫斯基(Mayakovsky, 1893—1930),苏联著名诗人。

面对熟悉的大海,所有
崎岖的岩石和波涛,我失落的
双眼再也无法看到。
　　　　　　　　大洋的每一天
都为我带来雾霭或绿松石纯净的碎片,
或者是单纯的寥廓,平直不变的水面,
我要求的,吞噬我额头的空间。

　　鸬鹚穿着孝服的每个脚步,
　　喜爱冬天的灰色大鸟的飞翔,
　　每个马尾藻的黑色圆环,
　　每个动摇其寒冷的狂澜,
　　还有,隐秘百草的大地,被凛冽
　　寒风啃咬的雾霭和盐分之子,
　　根植于无垠沙地的细小的花冠:
　　海滨大地所有潮湿的景色
　　无不了解我的每个欢乐,
　　　　　　　　　都知道
　　我愿意在那里,在大海和陆地的
　　眼睑之间安息……
　　　　　　我愿
在野蛮的海风冲击并撕碎的
雨水中被拖入大地下面,
然后随这地下的河道

奔向复活的深邃的春天。

请在旁边为我所爱的女人开凿墓穴,
待到某一天,让她在地下再次将我陪伴。

27　致我党

你赋予我博爱以对待陌生人。
你给我增添了世上所有人的力量。
你使我如同出生一样又有了祖国。
你教会我点燃火一样的善良。
你赐予我孤独者缺少的自由。
你给了我树木所需的正直。
你教我看清人类的共性和区别。
你教会我在兄弟的硬板床上入睡。
你让我看到个人的痛苦可以在集体的胜利中泯灭。
你让我以现实为基石进行建设。
你使我成为恶人的对头又成为狂人的墙壁。
你让我看到了世界的光明和欢乐的可能。
你让我坚不可摧,因为和你在一起,我便超越了自己。

28　就此结束(1949)

本书就此结束。它诞生于

火炭似的愤怒,如同
领地上的森林被点燃,
我愿它继续像通红的树
传播自己明亮的火焰。
不过,你在它的枝杈间
不止看到愤怒:它的根不只
寻求痛苦,而且是力量,
而我就是思考的岩石的力量,
手臂相挽的欢畅。

终于,我在人群中放飞了自己。

人群中,如同鲜活的空气,
摆脱无望的孤独
投入到战斗的群众中去,
我自由了,因为我和你,为了
获得难驯服的欢乐,手挽手在一起。

  我的歌的面貌是公开的面包,
  是一个人通常的书籍,
  说不定什么时候
  劳动者的群体
  会收集它的火种
  有时又会在大地的航船

播种它的叶片和火焰。

这话语将重获新生，也许
在别的时候并无苦痛，
我的歌中没有不纯净的纤维
粘结在黑色的花草上，
我炽热而又布满星星的心
将再次燃起冲天的火光。
本书就此结束，将我的《漫歌》
留在这里，受迫害期间写成，
在祖国秘密羽翼下的歌唱。

今天是二月五日，一九四九年，
在智利，"戈多马尔-德切纳①"，
再过数月就是我四十五岁生日。

---

① 据《聂鲁达生平》的作者玛格丽塔·阿吉雷记载，聂鲁达是在圣安娜-德切纳完成《漫歌》的。当时他住在胡利奥·维加·戈多马尔的家里。为了不给敌人留下追捕的线索，将胡利奥·维加的姓氏之一"戈多马尔"作为地名题在了这里。聂鲁达于1949年2月24日离开智利。《漫歌》于1950年首次在墨西哥出版并同时在智利秘密发行。

船长的诗①

（1952）

女王

我称你为女王。
有的女人比你高，比你高。
有的女人比你纯，比你纯。
有的女人比你漂亮，比你漂亮。

但你是女王。

你走在大街上
无人认识你。
谁也看不见你的水晶王冠，
谁也不看

---

① 《船长的诗》是于1952年在意大利匿名发表的，这是聂鲁达写给玛蒂尔德的，选译的五首诗全部来自开篇组诗《爱情》。

你脚下踏着的
本不存在的金红的地毯。

每当你出现,江河
会在我体内响声大作,
钟声震撼天空,
世上洋溢着颂歌。

亲爱的,可是聆听者,
只有你我,
只有你和我。

九月八日

今天,是满满的杯,
今天,是巨大的浪,
今天,是整个大地。

今天,狂风暴雨的大海
在一个亲吻中将我们高举
高得使我们在闪电的光辉中
瑟瑟战栗,沉入水下
也不分离。

今天,我们的身体变得无限宽广,
一直延伸到世界的尽头,
它们融为一体,滚动
在一滴烛泪
或万千气象中。

在你我之间新开了一扇门,
有个人,尚无面孔,
在那里等候我们。

你的欢笑

如果你愿意,请拿走面包,
拿走空气,但是
别拿走你的欢笑。

别拿走我的玫瑰,
被你脱去外壳的长矛,
那在你的快乐中
突然喷涌的水,
那为你油然而生的
银色的波涛。

我的斗争艰巨，归来
带着疲劳的眼神
有时映入眼帘的
是一成不变的大地，
可是一进家，
你的欢笑便升上天空
将我找寻，并为我
打开所有的生命之门。

亲爱的，你在
最黑暗的时刻
笑容满面，如果突然
看见我的血
染红街上的石头，
那就笑吧，因为你的笑
对我的双手而言
就是寒气逼人的利剑。

秋天在海边，
你的欢笑应矗立起
浪花的瀑布，
而在春天，亲爱的，
我愿你的欢笑
像我等候的花朵，

蓝色的花朵，它属于
我响亮的祖国。

请嘲笑
黑夜、白昼和月亮，
嘲笑岛上
蜿蜒的街巷，
嘲笑那爱你的
愚蠢少年，
但是当我将双眼
睁开又闭上，
当我迈开双脚
离开又归来，
你可以不给我面包和空气，
不给我阳光和春天，
但绝不能不给我欢笑，
否则我会命丧黄泉。

岛上之夜

在岛上，在海边
整夜与你同眠。
你狂野而又温柔，在欢乐

与睡梦、水与火之间。

或许很晚了
我们的梦在顶端与底部
融合在一起,
上面像同一阵风吹动的枝条,
下面像相互纠结的红色的根须。

或许你的梦
曾与我的梦分离
并在黑暗的大海
将我寻觅,
就像从前
你还不存在时,
我航行驶过你身边
对你视而不见,
你的双眼在寻觅
我今日双手捧给你的东西
——面包,美酒,爱情和狂热,
因为你是一个酒杯
期待着我生命馈赠的精髓。

我与你同眠
整整一夜,伴随着

黑暗的大地
和生者与死者一起旋转,
当我在黑暗中
突然醒来,你的腰肢
被围在我的手臂。
无论是黑夜还是梦乡
都无法使我们分离。

我与你同眠
醒来时,你的口
离开梦乡,
将土地、海水、藻类
还有你生命深处的味道
献给了我,
我接受你的亲吻,
它浸润着霞光,好像
从围绕我们的海上
来到我身旁。

大地

碧绿的大地将田垄,
收成,金子,叶子,种子

变成一片黄色，
然而当秋天
竖起自己宽广的旗
我看到的却是你，
你分开麦穗的秀发
为我飘逸。

我看见古老碎石的遗迹，
但是当我
触到石头的疤痕
你的身体
回应我，
我的手指
突然颤抖着
认出你炽热的甜蜜。

在刚刚被授勋的
英雄们中间，
我经过战火和大地，
在他们后面，沉默不语，
迈着小小的脚步，
是不是你？

昨天，为了

看那矮小的老树,
人们将它连根拔起,
那时我见你
注视着我,从饱受
折磨、干渴的根部
走出。

当睡梦
使我延展并
将我带到自己的寂静,
一阵白色的狂风
摧毁了我的梦乡,
落叶像利刃
纷纷落在我身上
使我鲜血流淌。

每个伤口,都恰似
你樱唇的形状。

葡萄和风 ①

(1954)

飞向太阳

从正北和西北
辽阔而又布满沟壑的领域,
我飞抵橙色和绿色的北京。
向下看,延安
不过是矿物质的月亮
和空间的一个黄色蛋壳。
马达和风,
空中的太阳,
向神圣的土地致敬,
从那里的窑洞
自由之神积累了弹药。
英雄们不再置身于

---

① 选译四首。

大地的伤疤:
他们的种子
在自由地生长
传播并聚拢。
中国,在你广阔的世界
戈壁滩,
黄沙的枝干,
月亮边界的区域
干裂的表皮在燃烧,
直至低空飞行
才能看清
草地,江河,花园,
突然,在你的岸边,
古老而又崭新的北京
接待了我。于是土地
小麦和春天的气息,
行人的步履,
民居无限的街道,
宛似将全部水的喃喃细语
汇合在一个纯洁的酒杯里,
你将自己人民的生命
向我高高举起:
尖锐的哨音,
钢铁的怒吼,

天空和丝绸的颤抖。
我在自己的杯中
举起你无数的生命
和那古老的寂静。

这曾是你对我的馈赠,一种力量
来自古老的石头,它会歌唱,
来自古老的河流,
它为年轻的春天提供营养。

我突然看见
世上的古树
挂满花朵和果实。
突然听见
生命之河
坚定地流过
充满清澈的语言。
我在你古老的杯中
畅饮坚硬的透明,
新的一天:
星星的味道和土地
融合在我的口里。
我在众多面孔中眺望过你的面孔,
古老而又年轻的母亲的笑容,

用自己的游击队服播种，

用武装起来的微笑

用钢铁的柔情

捍卫人民的麦苗与和平。

游行

面向毛泽东

人民在游行。

他们不再是

住在洞穴里

以草根果腹

从贫瘠的山谷下来的

赤脚的饥饿民众，

他们下来时

是钢铁之风，

是延安和北方的钢铁之风。

强劲地踏着辽阔祖国

自由的土地，

今天是别样的人们在游行，

微笑而又自信，

乐观而又坚定。

骄傲的女青年这样走过，

身穿蓝色工装，在她的笑脸旁，

像白雪的瀑布一样，

四万纺织女工，

一个个丝织厂，欢笑着前行，

新的发动机制造者，

老的牙雕艺人

前行，前行，

面向着毛泽东，

全中国的眼睛，

一粒一粒，铁一般的粮食，

鲜红的丝绸在空中舞动

像大地上的玫瑰

最终将花瓣聚拢，

一面大鼓

从毛泽东面前经过，

以响雷的轰鸣

向他致敬。

这是中国的古老之声，

皮革之声，

被埋葬的时间之声，

世世代代，

在向他致敬。

此时，像一株

突然开花的树

孩子们,

成千成万,

向他致敬,就像

新的果实和古老的土地,

时间,小麦,

人民的旗帜

终于欢聚在这里。

在这里,毛泽东满面笑容,

因为从北方

干旱的山峰

这条人的河流诞生,

因为从被美国人

(或他们的走狗蒋介石)

在广场上砍下的

姑娘们的头颅

诞生了这伟大的生命。

因为在那些印刷粗陋的小册子里面,

共产党的教导

使世界获得了有益的借鉴。

他在微笑,思考着

过去的

峥嵘岁月,

国土上充斥着外国人,
简陋的草棚里只有饥饿,
在扬子江的脊背上
是帝国主义侵略者
武装起来的
身披铁甲的爬行动物,
而今天,此刻,
被掠夺的祖国,
大地是清洁的,
辽阔的中国清洁无比,
人们踏着自己的土地。

祖国在呼吸
面向着毛泽东
人民在游行
他们穿着新鞋
脚踏大地,
列队游行,
而红旗迎风
招展,在高处
毛泽东满面笑容。

中国

中国,长久以来,有人向我们展示
专门为西方人画的你的肖像:
一位满脸皱纹的老妇人,
穷得无以复加,
拿着一个空空的饭碗
站在庙门前。

各国的士兵
出来进去,
墙壁上染着斑斑血迹,
他们抢劫你如入无人之家,
而你却给世界带来异样的清香,
茶与灰烬混在一起,
与此同时,你用古老的目光
注视着我们,在庙门前,拿着空碗。
在布宜诺斯艾利斯有人专门
把你的肖像卖给有文化的夫人们,
讲座中也会突然冒出你魔幻般的语言
宛如被掩埋在地下的光线。

对中国的朝代，大家都知道一点
当说出"明朝"或"青花瓷"
双唇会聚拢像吃草莓一样，
他们想让你成为无主的土地，
成为这样的国家：风从空空的寺庙进入
再独自唱着歌从山里走出。

他们想让我们相信
你在昏睡，
将永远昏睡在梦中，
你"神秘"，
无法理解，稀奇古怪，
你是一位讨饭的母亲，身穿破烂的丝绸，
而从你的每一个港口
远航的船只满载着宝物
冒险家们为你的遗产——矿石和象牙——
争抢不休，盘算着，
在抽干你的血以后，如何
将满载着你的骨头的船开走。

侵略者

他们来了。

从前,他们
曾将尼加拉瓜蹂躏。

曾将得克萨斯侵吞。

将瓦尔帕莱索①凌辱。

至今仍用肮脏的魔爪
将波多黎各的喉咙
掐得紧紧。

他们来到朝鲜。

他们来了。

带着燃烧弹和美金,
带着毁灭、鲜血、
泪水和灰烬。

带着死神。

他们来了。

---

① 智利重要的港口城市,聂鲁达曾在此长住。

在村镇活活烧死
婴儿和母亲。

将燃烧的汽油弹
投向
如花似锦的学校。

将生命和生活摧毁殆尽。

从空中
寻找并杀死
山区
最后一个牧民。

他们割去俊俏的
女游击队员的乳房。

向床上的战俘开枪。

他们来了。

带着星星和棍棒。
还有杀人的飞机。

他们来了。

顿时只有死神。
硝烟、灰烬、鲜血、亡魂。

元素的颂歌①

（1954）

书的颂歌（Ⅱ）

美丽的
书本，
书本，
小小的树林，
一页
接一页，
纸张
散发着
元素的幽香，
是夜曲
又是晨光，
是粮食，

---

① 选译六首。

又是海洋，

熊的猎手

在你古老的页面，

三桅船

在密西西比河旁，

独木舟在岛上，

然后

道路

连着道路，

揭示，

一个个

起义的

村庄，

兰波像一条鱼

遍体鳞伤

在淤泥里挣扎，

兄弟情谊的美好，

从一块块石头

上升到人类的城堡，

苦难在编织

坚定，

团结一致的行动，

暗藏的书

从衣袋

到衣袋，

地下之灯，

红色之星。

我们

行走的

诗人

勘察

世界，

生活

接待我们

在每个门中，

参加

世上的斗争。

我们如何取胜？

一本书，

一本书

充满人际关系，

衬衣，

一本书没有孤独，

和工具

和人们一起，

一本书

就是胜利。

像所有的果实

生长又落下,

不仅有光明,

不仅有

阴影,

熄灭,

落叶,

消失

在街巷,

跌落在大地上。

明天的

诗集,

再一次

会有

雪或苔藓

在你的页面,

为了脚步

或视线

刻画

自己的痕迹:

重新

为我们描绘世界,

茂密丛中的

源泉,

高高的树木,
极地的
星球,
路上
新路上的
行人,
在森林,
在水里,
在天空,
在海上赤裸的孤独中
前进,
人
在发现
最后的秘密,
人
带着书
归来,
猎人
带着书
转身,
农民
带着书
耕耘。

诗的颂歌

诗歌,五十年来
我和你
走在一起。
开始时
你绊着我的双脚
我常常
摔得趴在昏暗的地上
或者将眼睛
埋进池中
看星星。
后来你用恋人的双臂
将我缠系
像青藤
攀到我的血液里。
再往后
你变成了酒杯。

你缓缓地流
却未消耗净,
你献出取之不尽的水,

看着它

滴进烧焦的心灵

而那心灵便从

自己的灰烬中再生

啊,这是多么美好的事情。

然而

我对此并不满足。

长久地在一起

我对你不再敬而远之。

你对我不再有

水神般飘忽的身影,

我让你像洗衣妇一样劳动,

让你到面包店里去经营,

让你在简陋的机械上去织布,

让你到钢铁厂去做锻工。

你依然和我一起

漫游在世界上,

但你已不再是我童年

布满鲜花的塑像。

如今

你用钢铁的声音

演讲。

你的双手

硬得像岩石一样。

你的心灵

是钟声

丰富的泉,

你曾慷慨地加工面包,

帮助我

不再摔倒,

你为我

将伙伴找寻,

那不是一个女子,

也不是一个男子,

而是成万,成百万的人。

诗歌,我们一起

去战斗,去罢工,

去港口,去游行,

去矿井,

归来时当你的头上

沾着煤粉

或芳香的锯末

我却笑出声。

我们已不必风餐露宿。

一群一群的劳工

在等着我们

衬衣刚洗过,旗帜火样红。

诗歌啊,从前
你多么腼腆,
却总是
走在前面
而大家
都已习惯你日常
星星似的服装,
因为尽管某一个闪电
曾揭露你的家庭
你却总是将自己的任务完成,
行走在大众的步伐中。
我曾要求你
讲究实用,
像金属或面粉,
准备着接受耕种,
像工具,
面包或葡萄酒,
诗歌啊,准备着
流血倒下
以血肉之躯去斗争。

此时此刻,
诗歌啊,
谢谢你,爱妻,

姊妹、母亲

或恋人,

谢谢你,橘花,

旗帜和海浪,

音乐的发动机,

黄金长长的花瓣,

海下的钟,

永不枯竭的谷仓,

谢谢你,

我

每一天的土地,

我每一年的血液

和天上的蒸气,

因为你陪伴我

从罕见的高度上

到穷苦人

简陋的饭桌旁,

因为你将含铁

而又冰凉的味道

撒在我心上,

因为

你使普通人

变得高尚,

诗歌啊,

和你在一起
当我将自己消耗
你却继续
将自己坚定的清新
晶莹的气魄发扬,
宛似渐渐地
将我化作泥土的时光
让我的歌声
像水一样永恒地流淌。

时间的颂歌

在你心中,你的年龄
在增长,
在我心中,我的年龄
在前行。
时间坚定,
它的钟不发出声响,
增进,行走,
在我们心中,
像深深的水
出现
在我们的目光

在你的眼睛
燃烧的栗子旁
如同一丝一缕，
一条小河的痕迹，
一颗干枯的小小星球
上升到你的口。
时间将它的线索
升到你的发梢，
可你的芬芳
却宛似忍冬花
火一般活跃
在我的心房。
活着变老
是美好的
像我们的生活一样。
每一天
都是一颗透明的石子，
每一夜
都是一朵黑色的玫瑰，
你脸上或我脸上的这道垄沟
是花朵或石头，
是闪电的记忆。
我的眼睛消耗在你的美丽中，
可你本身就是我的眼睛。

在我的亲吻下，我或许
使你成倍增长的胸部产生疲惫，
不过大家在我的愉悦中
看到了你隐秘的光辉。
亲爱的，哪怕时间
将我的身体和你的温柔举起
像两道火焰
或两个平行的谷穗，
明天会将它们维持
或将谷粒脱光
并用它无形的手指
抹去将我们分开的身份
在地下让一个最终存在的胜利
降临在我们身上，
这样，又有何妨！

番茄的颂歌

大街
充满番茄，
中午，
夏天，
阳光

分裂成

番茄的

两半，

汁液

流过

大街。

十二月①

番茄

将自己释放，

入侵

厨房，

进入午餐，

进入

柜橱里

坐下

歇息，

在杯盏间，

还有乳酪

和蓝色的盐罐。

它有

自身的光彩，

温柔的庄严。

---

① 智利在南半球，十二月正值夏季。

不幸的是，我们要

将它杀掉：

刀子

深入

它鲜活的内瓤，

红色的

内脏，

一轮清新的，

深邃的，

耗之不竭的

太阳，

充满智利的

凉拌菜，

和明亮的洋葱

快乐步入婚姻的殿堂。

为了庆祝

让油

滴下，

这是橄榄树

嫡传之子，

在其裂开的两个半球

加上

胡椒的

芳香，

盐献出自己的吸引力:
这是白天的
婚礼,
欧芹
举起
小旗,
土豆
起劲地沸腾,
烤肉
用香气
将门
撞击,
是时候了!
我们去!
桌子上面,
在夏天
腰间,
番茄,
地上的星球,
反复
繁育的
星星,
向我们展示
它的旋转,

它的管线，

出色的充足

和无骨

无壳

无鳞无刺的

丰满，

给我们

颜色火暴的

礼物

及其清凉的全部。

服装的颂歌

服装，每天早晨，

你在椅子上，等着充实：

我的虚荣，我的爱情，

我的身体，我的希望。

我刚刚

脱离梦乡，

和水告别，

伸进衣袖，

双腿

寻找

裤管，
让你不知疲倦的忠诚
拥抱，
然后才出门从草地走过，
走进诗歌，
眺望
窗外景色，
男人，女人，
行动和斗争
塑造我，
使我遇事不惊，
打磨我的双手，
开扩我的眼睛，
锻炼我的口
就是如此，
服装，
我对你也同样，
将你的肘部拉长，
将你的线头掐断，
使你的生命按照
我的形象成长。
你仿佛是我的灵魂，
迎风飘荡
并飒飒作响，

在倒霉的时刻
你紧贴
我空洞的骨头,
夜里,黑暗
和梦想
让它们的幽灵
充斥你我的翅膀。
我想问,
有一天
敌人的子弹
会不会
让你染上我的血,
于是
你和我一同死亡,
或许
一切不会
这么具有戏剧性
而是比较普通,
服装啊,让你
跟我一起,
生病,
跟我,跟我的躯体
一同衰老,
然后一同

埋入土中。

因此

我每天

向你致敬

然后你将我拥抱，

我将你忘掉，

因为我们是一体，

黑夜里，迎着风

街道上，斗争中，

我们依然如此，

是同一个躯体，

也许，也许，

有时会纹丝不动。

献给塞萨尔·巴列霍的颂歌

巴列霍，

我用自己的歌

怀念

你脸上的岩石，

荒山上的皱纹，

你脆弱的身体

承载着

巨大的前额，
你刚刚出土的
眼睛
那黑色的霞光，
那些日子，
残暴，
坎坷，
每时每刻
都有不同的酸楚
或遥远的
柔情，
生命的
钥匙
在街上
尘埃的光里
颤抖，
你从地下，
从缓慢的
旅途归来，
而我在
布满疤痕的山巅
敲门，
让墙壁
打开，

让道路

舒展,

我刚从瓦尔帕莱索到来

在马赛乘船,

大地

像一个芬芳的柠檬

分割成

清新金黄的两半,

你

留在那里,

一向

坚贞不屈,

用你的生

和死,

用你

散落的沙,

衡量

并掏空自己,

在空气

和烟雾中,

在冬天

破碎的小巷里。

在巴黎,你居住在

穷人们
残破的客栈里。
西班牙
在流血。
我们赶过去。
然后
你又一次
沐浴着硝烟,
这样,当你
突然已不再去,
拥有你的骸骨的
不是疤痕累累的
土地,
不是安第斯山的岩石,
而是迷雾,
是寒霜
是巴黎的冬季。

兄弟啊,
从天和地,
生与死,
你两度流亡,
从秘鲁,
从你的河流流亡,

离开

你的家乡。

我与你生前有缘,

死后只剩空想。

我寻你

从尘埃到尘埃,

点点滴滴,

在你的土地,

黄色

是你的脸,

陡峭

是你的脸,

你充满

古老的宝石,

破碎的

瓦罐,

我登上

古老的

阶梯,

或许

你迷失了,

被金线

缠系,

被绿松石

遮蔽,

悄无声息,

或许是

遍地的

玉米粒,

旗帜的

种子,

在你的村镇,

在你的族群里。

也许,也许如今

你移居

并回归,

终于

从旅途

归来,

有一天

终于

出现在

祖国的中央,

造反,

豪情万丈,

水晶中的水晶,火中之火,

紫岩之光。

元素的新颂歌 [1]

(1956)

海岸仙人掌的颂歌

繁星似的针芒

微小而又

纯洁的团块,

沙地的仙人掌,

敌人,

诗人

致敬你

浑身是刺的健康:

冬天

我看见你:

海雾侵蚀着

---

[1] 选译六首。

岩石，

波涛的

雷声

冲击

智利，

盐分推倒雕像，

占领

空间的

是暴风雨

不可抗拒的翅膀，

而你，

小英雄，

浑身芒刺，

气定神闲

在两块岩石间，

安然不动，

无眼睛，无叶片，

无巢穴，无神经，

坚硬，

矿石的根

如同大地的扣环

在地球的

铁中镶嵌，

上面

一个头,
一个小小的
长满刺的头
一动不动,
纯洁,坚定,
在汹涌的海洋,
在飓风肆虐的领土上。

后来八月到了,
春天混淆在
黑色半球的寒冷
进入梦乡,
海岸的一切
都有黑色的味道,
海浪
像钢琴
重复同样的音响,
天空
像一条穿着丧服
被打翻的航船,
世界就是一场海难,
而那时
春天选中了你
为了回来

看大地的阳光
她分娩的
两滴血
冒出
在你两根孤独的芒刺上,
诞生
在那里的
岩石中,
在你的针刺中,
大海的
春天,
天和地的
春天,
重又
诞生。

在那里,从
存在的一切,芳香的,
空中的,成就的,
在柠檬树的叶子
或玉兰王
昏睡的香气中
颤抖的一切,
从等候你到来的

一切，
你，沙地的仙人掌，
宁静的、孤独的
小小鲁莽者，
早被选中，
突然
在别的花向你挑衅之前
你神圣的指头
那血的
蓓蕾
便已化作玫瑰色的花朵，
神奇的花瓣。

故事就是这样，
这便是
我诗歌的
品格：
你就在
这里，在这里生活，
在这世界
最后的孤独，
在大地
愤怒的折磨，
在耻辱的

角落,

兄弟,

姐妹,

用你们渺小的生命和根

期盼,

坚定,

劳作。

一天

为了你,

为了所有人,

从你的心

射出红色的光线,

你同时开出清晨的花朵;

没有忘记你,兄弟

姐妹,

没有忘记你,

春天

也没忘记:

我要告诉你,

我向你保证,

因为可怕的仙人掌,

沙地

浑身芒刺的儿子,

和我谈起
委托我将这个信息
传递到你那缺少安慰的心里。

现在
我告诉你
也告诉我自己：
姐妹兄弟，
等着吧，
我毫不怀疑：
春天不会将我们忘记。

袜子的颂歌

玛鲁·莫莉
给我带来一双
袜子
是她亲自
用牧人的双手
织的，
多么柔软舒服
像两只野兔。
穿上袜子

双脚像伸进

两个

宝匣中

它们是用

霞光

和羊毛织成。

粗犷的袜子,

我的双脚

像两条

羊毛似的鱼,

两条来自蓝色远洋

被金色绳索

串起的鲨鱼,

两只巨大的乌鸫鸟,

两门炮:

我的双脚

用这

天赐的袜子的

方式

表现

自己的

忠实可靠。

它们

那么美
我第一次
觉得
自己的脚
令人难以置信
像两位衰老的
消防员,消防员,
和那
绣花的火,
闪光的袜子
毫无匹配度可言。

不过
我抗拒
强烈珍藏
它们的欲望
像小学生们
珍藏
萤火虫,
像学者们
收集神圣的文章,
我抗拒
狂热的冲动
将它们

放进黄金的

鸟笼中收养

并每天

喂它蔺草籽

和玫瑰色的瓜瓤。

如同发现者

在森林

将珍稀的

绿色猎物

挂在

烤叉上

烧烤

然后不无愧疚地

吃掉,

我将

双脚

伸进

漂亮的

袜子

和

鞋子。

而这

正是我的颂歌的主张:

当冬季里

事关
羊绒袜子一双
美丽是双倍
美丽,
善良
是双倍善良。

海滨之花的颂歌

黑岛的野花
已经开放,
它们没有名字,
有的像白色的橘花
在沙中生长,
有的像黄色的火苗
在地上闪光。

我是田园诗人。
像猎手们
一样生活,
夜间,在海滨
点起篝火。

只有这花朵,
只有这海的寂寞,
还有你,像大地的玫瑰,
天真、快乐。

生活
要求我上战场,
我鼓起心潮,
唤起希望:
我是全人类的兄弟,
义务和爱情
是我的两只翅膀。

当我在海滨
岩石中
将这些花儿欣赏,
它们战胜了
严冬和遗忘,
等待着
发出一缕芳香,
闪耀一线光芒,
当我再一次告别
篝火、干柴、
树林、沙滩,

每走一步都使我心伤,
我是田园诗人,
本该留在这里
而不去城市的街巷。

但义务和爱情是我的两只翅膀。

太阳的颂歌

对太阳并不熟悉。
我生活在冬季。
是南部
山区。
那里
泛滥的水
支撑着
大地,
天空
是一把苍白
而又在漫延的伞,
像大洋的
水母
头发碧绿。

雨水
落在屋顶,
落在夜晚
黑色的叶片,
它们
从天而降,源自
暴风雪生成的山峦。

后来我经历各种气候。
沙漠火红的
太阳,在天空,
圆圆的,孤孤单单,
放射
红色的光线,
像天空中心的
花朵,
雄狮的
周围是利剑。

太阳啊,
父亲的结晶,
时间表
和威严,
行星的祖先,

巨大
金色的玫瑰
永远
沸腾的火焰,
不断
消耗
燃烧,
纯洁的
眼睑,
天顶的
厨房,
是锅炉又是司炉,
暴怒而又安详,
太阳啊,
我愿
用美洲
古老的眼光
将你观望:
飓风般的
羊驼,
玉米的
头颅,
黄色的心,
金子的痣,

火红的身，

燃烧的角，

美丽的

目光，

刚刚

将树枝

触碰

春天

就会诞生，

琥珀的尾巴

刚刚

碰到

麦田

麦粒就会流淌

如同你的光线，

面包，

苍天的面包，

神圣的烤炉，

你不曾是

银色的星，

你是

宝石的冰

凝结在

夜晚的目光上：

你是

白昼的

动力,

强壮的繁衍,天体的马驹,

你是精子的苗圃

在你跳跃的

推动下

种子

在发育,

土地

赤裸了绿色的形体

我们

将葡萄

高举

而燃烧的

杯中

是大地:

我们继承你:

我们是

太阳和大地的

儿女。

我们亚美利加的

人类就这样

被创造，
土地和太阳
在我们的血液中循环
像传递营养的磁场，
我们将你敬仰，
监护的星球，
启明星似的玫瑰，
天空飞行的
火山，
群峰的父亲，
萌芽的老虎，
黄金的族长，
噼啪作响的
戒指，万物之源，
深邃的孵化器，
宇宙的雄鸡。

印第安人小麦的颂歌

我出生在
远方，
比你的出生地
还远。

我出生在

很远，

很远，

在

湿漉漉

红色的

阿劳卡尼亚，

而我

童年

红色的

夏天

大地

在动弹：

一块巨岩，

一棵带刺的树，

一条山涧：

是一位印第安人，

一位印第安人

骑马

来到。

我去过许多山坡，

穿过多少河口,

多少陡峭的,

受伤的领地,

多少在其雪峰下

点燃的

湖泊,

我的土地

绿色和红色,

纯洁

又响亮

像

钟一样,

土地,

土地,

桂皮树,

无法形容的

芳香,

它的根

扎在深处,

土地

像

一株

玫瑰

潮湿且孤独。

那时

小麦

在更上面,

印第安人的小麦,

可怜的亚美利加

最后的,渺小的,

破烂不堪的

黄金。

我看见酋长们来了,

冷峻的面孔,

古怪的胡须,

破损的

斗篷,

没有笑容

因为

对于最后的国王

我来自异乡。

那是收获

小麦的时刻。

干枯的

麦秸

在飞舞,

脱粒机

在燃烧

而可怜的麦穗

在将可怜的阿劳卡尼亚

最后的,

饥饿的,

磨损的,

面包的

黄金麦粒脱掉。

印第安妇女

坐在地上

像漂白土的

坛子,

从时间上,

从水上,

远远地

观望。

有时

从小麦的

循环过程

一声呐喊

或一声

滚烫的大笑

如同两块岩石

落入

水中。

口袋

装满了

粮食，脱粒机

突然

停止了

喘息

而坐着的

印第安人

像土的

口袋

而小麦的

口袋

像古老的阿劳卡尼亚的

幽灵，

它们是

贫穷

警觉、无声的见证，

头上

是严酷的

蓝色宝石的

天空，

而下面

是贫瘠多雨的土地，

可怜的小麦

和口袋：

我家乡

的幽灵。

我想起

那些土地

被法官

和强盗掠夺，

收获，

每年夏季

印第安人的

土地和小麦越来越少，

看着

可怕的脱粒机，

播种的面包

被脱粒，

那里，在上面，

在我的土地，

在山区，

而

下面

封建主们，

他们的律师和警察，

用文件
杀戮印第安人
用判决、裁定、委托书,
将他们
往偏僻的角落驱赶,
牧师们
劝他们升天
说那里
有得天独厚的
麦田。

那绿色
和红色的地区,
雪,树林,
那片土地
长着榛树的枝条,
如同
星星的手臂,
那曾是
我的摇篮,我的理性,
我的诞生,
而今
我要问它们:
我将小麦给何人,

将这黄金

留给何人,

这土地

又属于何人?

阿劳科人,

民族的

父亲,

西班牙的埃尔西亚①的

朋友和敌人:

另一位

诗人

赶来

歌颂:

永远

不再有战争,

而有小麦,

永远不再有血腥,

最后的面包

属于他的弟兄,

---

① 阿隆索·德·埃尔西亚(Alonso de Ercilla, 1533—1594),史诗《阿劳卡纳》(又译《阿拉乌戈人》)的作者。他是西班牙远征军(征服智利)的成员,又在史诗中歌颂了阿劳科人(即阿拉乌戈人)英勇善战、宁死不屈的英雄品格。

留给他可怜的

人民

这最后的

收成。

另一位

诗人

现在

来

保卫

麦穗

并走上

布满荆棘的

山峦

穿过

在古老火山之火

下面

平躺的湖泊

坐在

寂静的

口袋中间

等候

战斗的光焰,

在歌声中

将正义呼唤,

要求祖国

为兄弟姐妹

收复

印第安人的麦田。

惠特曼①的颂歌

我不记得

在多大年纪,

也不记得在哪里,

是在伟大的湿漉漉的南方

还是在可怕的海岸,

耳旁是海鸥

短促的叫嚷,

我触摸过

沃尔特·惠特曼的手掌:

赤裸的双脚

践踏大地

我走在草场,

走在沃尔特·惠特曼

---

① 指美国诗人沃尔特·惠特曼。

坚强的露珠上。

在我整个的
青年时代
那只手
那个露珠
及其松树之王的坚定，大草原的辽阔，
还有他那持久和平的使命
一直陪伴着我。

不
轻视
土地的
馈赠，
柱顶
丰富的曲线，
还有智慧
紫色的开端，①
你
教我
成为美洲人，

---

① "柱顶丰富的曲线"，指欧洲文化；"智慧紫色的开端"指天主教文化，主教们都披紫红色的长袍。

向书籍,

向谷物

丰厚的珍宝

抬起

自己的眼睛,

在平原的

光明中,

使我看到

高高守护的山岭。

从地下的

回声,

为我

收集

一切——它们

正在诞生,

你在

苜蓿地

驰骋

为我收割虞美人,

参观

河流,

傍晚赶到

厨房中。

但是

你的铁铲

不仅使地下的土

见到阳光;

还将人

挖掘,

卑贱的

奴隶

和你一起

晃动

自身黑色的尊严,

为赢得快乐

一往无前。

在下面

对司炉工,

你将水果的

小篮筐

送到

锅炉旁,

你的诗行

会将村镇的

每个街角造访

就像

你纯洁身体的
肌肤,
就像你渔夫的胡须
或你金合欢双腿的庄严之路。

从士兵中
走过
你的诗人、护士、
守夜者的身影,
它熟悉
挣扎中的
呼吸声
并和曙光一起
期待
静静
回归的生命。

优秀的面包师!
我根源的
表兄,
阿劳科人的
穹顶,
已经有
一百年了,

风从

你的牧草

和你的

萌芽上

吹过

并未

损耗你的眼睛。

在你的祖国

崭新而又残酷的岁月:

迫害,

泪水,

监狱,

有毒的武器

和狂暴的战乱,

未能

压垮

你书中的野草

及其清新的

生命之泉。

唉!

杀害

林肯的

凶手们

如今
躺在自己的床上,
他们
曾通过
不幸和流血
推倒自己
香木的座椅
并将王位创立。

但是
你的声音
在郊区的
车站
歌唱,
你的话语
在傍晚的码头
宛若
昏暗的水流
铿锵作响,
你的人民
白人
或黑人,
贫穷的
单纯的

人民，
如同
所有的人民，
不会忘记
你的钟声：
沐浴你广阔生命的光辉
歌唱着集合：
满怀你的爱，并肩前行
抚摸着
大地上
博爱纯洁的繁荣。

遐想集 ①

(1958)

我请求安静

现在我请求安静。
现在请习惯我不在你们当中。

我将闭上自己的眼睛。

我只要五件
最根本的事情。

第一是无尽的爱恋。

第二是能看到秋天。
我怎能不看落叶

---

① 选译五首。

飞舞并返回地面。

第三是严酷的冬天，
我热爱的雨水，火
抚摸着野外的风寒。

第四是夏天
像西瓜一样滚圆。

第五是你的眼睛，
我的玛蒂尔德，我多么爱你，
没有你的眼睛，我无法入梦，
你不看着我，我活不成：
我愿用春天
换取你注视我的眼睛。

朋友们，我要的就是这些。
微不足道却又是一切。

现在你们想走可以走了。

我已生活了这么久
总有一天你们将我忘掉，
将我从黑板上抹去：

永不枯竭的是我的心跳。

但你们不要因为我请求安静
就以为我会死亡；
对我而言，恰恰相反：
我要继续活在世上。

我会依然是我并继续活在世上。

在我的内部
将会有谷物生长，
首先是粮食
破土而出，为了看到阳光，
然而大地母亲迷茫，
因而我的内心并不明亮：
我就像一口井
黑夜将她的星星在井水里收藏
而它独自待在田野上。

我已然活了这么久
可我还想再活这么长。

我从未有过这么多亲吻，
从未觉得自己这么响亮。

此时,一如既往,时间尚早
光线带着它的蜜蜂飞翔。

让我独自将日子陪同。
我请求允许出生。

美人鱼和醉鬼们的寓言

当她全身赤裸着进去
这些先生们都在酒吧里
他们已喝醉并开始向她身上吐口水
她莫名其妙,她只是一条
刚离开河流、误入歧途的美人鱼
辱骂在她光滑的身体上流淌
龌龊覆盖了她金色的乳房
她不哭因为她不会哭泣
她不会穿衣服所以才赤身裸体
醉鬼们用烟头和燃烧的软木塞给她纹身
狂笑着直至躺倒在酒吧里
她一声不吭因为她不会说话
她的眼睛流露着远方之爱的色彩
孪生的黄玉构成她的双臂
双唇剪裁在珊瑚之光

她突然夺门而出
跃进河里全身立刻变得清爽
在雨中像洁白的石头一样闪亮
重新游泳不再回头
游向永远游向死亡。

请别问我

我的心很沉重
知道那么多事情,
就像将太大的石头
盛在口袋中,
或者像在我的记忆上
雨水下个不停。

不要问我那件事情。
我不知他们在说什么。
也不知有什么事情发生。

其他人也不清楚
我便像从雾中走到雾中
心想着什么也没发生,
在街上寻找水果,

在草原寻找三色堇
而结果竟是这样：
大家都有道理
我可以安然进入梦乡。
因此在我的胸腔
不仅增添了岩石还增添了阴影，
不仅增添了阴影也增添了血浆。

小伙子，事情就是这样，
事情也不是这样，
因为，无论如何，我活着
而且非常健康，
我的灵魂和指甲都在生长
我在理发馆中间游逛，
我在边境往来，
宣布并标明我所在的地方，
然而如果人们想知道得更多
我便会迷航，
如果听见在我的家旁
有悲哀的吠叫，那是扯谎：
清晰的时间是爱情，
消逝的时间是泪水的流淌。

因此对于我的忘却，

对于我的记忆,
对于我从前和现在所知道的事理,
对于我在路途上
在诸多失去的东西中所失去的东西,
对于没听过我说话
或许想看见我的亡灵,
最好什么也不要向我打听:
请摸一摸我的坎肩,
你们会感到一个盛着深色石头的口袋
怎样在我的身体里跳动。

我们是许多人

在我和我们所是的诸多人中,
要找到一个都不可能:
他们都在衣服下面消失,
去了另一座城。

当一切都已准备就绪
为了显示自己的聪明伶俐,
可我藏匿的那个蠢货
却用我的口说出他的话语。

还有一些时候

当我在杰出的社会就寝

在自身寻找勇敢的人,

跑过来一个陌生的

胆小鬼,以我的骨架

加着千百倍的小心。

当一座高贵的房屋失火

急忙赶来的却不是

我召唤的消防员,而是纵火者,

而这就是我本人。我当然无可奈何。

我该做何选择?如何

才能恢复原来的我?

在所有我阅读的书中

都歌颂光芒四射的英雄,

他们总是充满自信:

我对他们羡慕不已,

在枪林弹雨的影片里,

我不仅羡慕骑士,

也崇敬他的马匹。

我要求的是勇士

可出来的却是昔日懒惰的我,

于是我不知道自己是谁,
也不知我或我们有多少个。
我愿一摇铃
就出来一个真正的我
因为当我需要自己的时候
我不应不见踪影。

当我写的时候,我不在场,
当我回来时又已离开:
我要看看其他人
是否发生了同样的事情,
是否那么多人都像我一样,
他们是不是像他们自己
一旦打听清楚
我要好好地学习
以便解释自己的问题
并向他们讲述地理。

秋天的遗嘱

诗人进来
讲述自己的本性和偏爱

在生死之间
六弦琴被我选定
在这紧张的职业
我的心从不消停,
因为人们越是不期待我去
我越要带着行囊往那里赶
去收获第一桶葡萄酒
在秋天的蘑菇中间。

如果关门,我要进去
如果接待,我却要走,
我并非会在冰上
迷路的航海者:
我像风一样,最黄的
树叶,从雕像的眼睛
落下的篇章令我心清气爽,
倘若我停歇在某一部分

那一定是火的核心,
它跳动并噼啪作响
而后便失去了方向。

你会在字里行间
找到自己的姓名,
我感到非常不够,
并非事出有因
而是关系到太多的事情,
因为是你又因为不是你
这会在所有人身上发生
但谁也未察觉全过程,
当加上所有的数字
那时我们都是假富有:
而如今却是真贫穷。

讲述敌人
并分享他们的遗产

我被居心叵测的
害人虫,切成碎块,
他们好像不可战胜。
在海上我曾习惯
吃影子的黄瓜,

琥珀奇异的变种，
并要进入消失的城市
身着短袖并全副武装
这样你仍会被杀掉
会在笑声中死亡。

于是，我把对盐的偏爱，
把我微笑的方向
留给在我行者的睫毛面前
狂吠的人们，
只要他们能够
就把它全部谨慎地带走：
既然他们不能叫我灭亡
我也无法阻止
他们穿我的衣裳，
出现在礼拜天
带着我遗体的碎片，
名副其实的装扮。
倘若我不让任何人平静
他们也不会让我平静，
人们会看到而那无关紧要：
他们会把我的袜子示众。

其他方面

我将自己世上的财产
留给我的党和我的人民，
现在涉及到其他事情
既黑暗又光明
不过却是同一件事情。
这与葡萄相关，
它两个强大的儿子，
白葡萄酒和红葡萄酒，
整个生命都又白又红，
整个光明都又是朦胧，
并非一切都是土地和砖坯
我的遗产中有梦和阴影。

回答某些善意的提问

一次有人问我
为什么写得那么朦胧，
你们可以去问黑夜，
问矿石，问树根。
我不知道如何回答，
甚至到后来，后来
两个丧尽天良的人攻击我，

谴责我的浅薄:
流水的回答是这样,
我走了,流动着并歌唱。

分配忧伤

我将血管里奔涌的
那么多快乐留给何人?
这富饶的有形与无形
乃是大自然的馈赠。
我本是一条长长的河流
水里充满坚硬的石头,
它们在夜里声音嘹亮,
白天则朦胧地歌唱
我将这许多留给何人?
这么多又这么少,
一种无所求的欢愉,
一匹海上孤独的马匹,
一台编织风的织机。

安排后事

我要把所有的悲伤
留给使我受苦之人,

可是我已忘记他们是谁,
不知该把它们留在何处,
是否留在树林里面,
它们就像攀缘的藤蔓:
带着叶子从地面生长,
在空中或在你头上,
要叫它们不再生长
就只有换掉春光。

反对仇恨

我靠近过仇恨,
那是不折不扣的冷战,
令人头晕目眩。
仇恨是一尾剑鱼,
活动在无形的水里,
看到它来到身旁,
利剑上鲜血流淌:
透明使人解除武装。

那么,为什么要仇恨
那些仇恨我们的人?
窥伺者在那里
躺在水的下面,

准备好辅料和利剑，
还有陷阱和罗网。
那不是基督教的信仰，
不是祈祷也不是裁剪衣裳，
而是仇恨失败了：
其鳞片脱落
在毒品的市场，
同时太阳升起
人开始勤劳
并去买葡萄酒和面包。

但在遗嘱中考虑到仇恨

对于仇恨我将留给它
我的马的铁掌，
航船的内衣，
行人的鞋子，
木匠的心灵，
一切我会做并助我
度过煎熬的事情，
我所有的坚强和纯洁，
不可溶解和不可移植的一切，
为了让人们懂得活在世间
谁拥有树林和水

就能砍伐和行船，

就能来去往返，

就能受苦和爱恋，

会恐惧也会劳动，

会生存也会继承，

会兴旺也会丧命，

能纯朴和朦胧，

能与世无争，

能忍受不幸，

能等候一朵花，

总之，能活在世上

尽管有一群狗娘养的

不接受我们的生命。

终于投向热恋的情人

玛蒂尔德·乌鲁蒂娅，在此

我将有的和没有的，无论

是我和不是我，都给你。

我的爱是因为哭泣的孩子，

不愿离开你的双臂，

我把它永远留给你：

对我而言，你最美丽。

对我而言，你是最美的人，
风为你做了最美的纹身，
像一棵南方的小树，
像一棵榛树在八月份，
对我而言，你是鲜美娇艳，
如同甜点店，
你的心是地面，
你的手是蓝天。

你是又红又辣，
又白又咸，
像洋葱调制的卤汁，
你是一架钢琴，
所有的音符都来自灵魂
落在我耳中的音乐
来自你的睫毛和秀发，
我沐浴在你黄金的身影
你的耳朵令我高兴
似乎看见了它们
在红珊瑚的潮中：
我在波涛里为你的指甲
和惊慌失措的鱼类抗争。

从南向南睁开你的眼睛，

从东向西绽开你的笑容,
谁也看不见你的双脚,
太阳在你秀发上逗留
让繁星装点黎明。
你的身躯和你的面孔
和我一样来自艰苦地区,
经受了雨水的洗礼,
那是苦难和古老的土地,
比奥比奥河依然在歌唱
在我们的黏土上将鲜血流淌,
但是你带来树林里
所有秘密的芳香
并展示迷失之箭的身影,
一枚武士的勋章。
你是我为了爱情
和土地的胜利者,
因为你的口给我带来
源头的祖先,
另一个时代在林中的约会,
湿漉漉音乐的鼓点:
我突然听到召唤:
它来自远方,当我
向树木的枝叶靠近
在你的唇上吻到我的血,

我的心，我的阿劳科人。

玛蒂尔德·乌鲁蒂娅，
既然你有，我能留给你什么，
在和你的接触里，那燃烧的
叶片的香味，那水果的芬芳
还有在你大海般的双乳间
智利海棠果的气味
和考克内斯①的霞光。

那是大海的深秋
充满漩涡和雾气，
大地在扩展并呼吸，
树叶落在月份里。
你投入我的工作
以自己的耐心和激情
破解绿色的蹄爪，
蜘蛛网，还有
我致命书写的昆虫，
我的小脚母狮啊，没有
你敏捷的双手，我做什么？
没有心灵和目标

---

① 考克内斯，智利中部城市，以产葡萄酒闻名。

我走向何处？
火热或冰凉的患者
能坐什么远方的公交车？

我欠你大海的秋天
连同根部的湿润，
还有葡萄似的雾气
和野性而又潇洒的太阳：
我欠你这沉默的盒子
痛苦全在那里消失
只有快乐的花冠
升到前额上。
一切都归于你，
放飞的雌斑鸠，
我高傲的鹌鹑，
山里的朱顶雀，
科伊乌埃克①的农妇。

有一次我们要不是，
要不是在七层灰尘
和死神干燥的脚下
我们既不来也不去，

---

① 智利城市，盛产乳制品。

亲爱的，我们
会莫名其妙地混为一体。
我们不同的芒刺，
我们没有教养的眼睛，
我们未曾相遇的双脚
和我们不可磨灭的亲吻，
一切终将融为一体，
但是对我们又有何用
结合在坟墓中？
让死神见鬼去吧
不要分开我们的生命！

最后的忠告

先生们，我就此告别，
在这么多的告别之后
我什么也没给你们留下
因此想叫大家摸到点啥：
我曾有过的冷酷无情，
痴迷和狂热无以复加
重回大地并成为：
善良的花瓣
恰似不绝于耳的钟声
落在风绿色的口中。

但是我超额收获了

朋友们和他人的善良。

无论我走到什么地方

都有接待我的好心肠

在哪里都能遇到它

好像一颗心供我分享。

何种医药

废除了我的流亡

和我一起将面包、风险、

屋顶和美酒共享?

世界敞开了林地

我便像胡安一样走进住房

深情厚谊列在两旁。

在南方有那么多朋友

在北方又何尝不是这样,

无论在东方还是西方

朋友们无不是

永远不落的太阳。

我说不出数字的小麦。

我叫不上名字也数不过来

奥亚松①兄弟间的博爱:

---

① 奥亚松（Oyarzun）是西班牙的地名,也是一个姓氏。此地或此姓之人应更讲情义、更好客。

在夜间危机四伏
动荡的美洲
没有不认识我的月亮
也没有不期待我的道路:
在泥土可怜的乡村
或水泥的都城
总有一棵古老的枫树
对我还属陌生
但我们生来就是弟兄。

我在各地采集了
熊吞食的蜂蜜,
沉没在水下的春天,
大象的宝贝,
这归功于我的兄弟,
我的水晶般的亲友团。
人民对我认同,
我永远在人民中间。
世界和它的群岛
都曾在我的掌心
而我是不放弃之人
不放弃自己的良心,
不放弃牡蛎也不放弃星辰。

结束诗集

谈自己的各种转变

并坚定了对诗歌的信心

从如此多次的诞生,
我有一种盐味的经验
如同海洋生物
有大地的归宿
和苍天的遗传。
因此我虽然在运动
却不知往何处回转
还是继续生活在人间。
当事情都安排就绪
在此我留下遗嘱,
留下航海的遐想,
为了当人们将它熟读
谁也不会有什么领悟,
但一个人要是糊涂又清醒,
阴雨又快乐,
老气横秋又精力旺盛
其运动便会经久不停。

此时在这一页之后
我要离开但不会失踪:

我将在透明中一跃
如同在天空游泳,
然后我再度成长
直至变得如此渺小
以致风将我吹向远方
我将不记得自己的姓名
醒来时将会消亡:

那时我将在寂静中歌唱。

爱情十四行诗一百首①

（1960）

上午

第二首

爱人啊，为了一个亲吻要经过多少跋涉，
要获得你的陪伴要忍受多少漂泊的寂寞！
孤独的列车冒着雨水不停地滚动。
塔尔塔尔②还没有黎明的春色。

但是你和我，亲爱的，已经在一起，
从衣服到根难舍难离，
无论在秋天，在水中，在身体，
在一起的，只有我，也只有你。

---

① 选译十首。
② 塔尔塔尔，智利北部的一个小海港。

想到那条河夹带着多少石头，
波罗阿①之水才流到了出口，
想到不同的火车与国度将我们分开

而你和我却不能不彼此相爱，
与所有的人混在一起，有男人，也有
妇女，还有那种植与培育石竹花的土地。

第五首

不让夜晚、空气和黎明将你触摸，
只让大地和一束束鲜花的品德，
你芬芳家乡的泥土与树脂，
还有沐浴着纯洁雨露成长的苹果。

从琴查马利②，那里缔造了你的眼睛
到弗隆特拉③，为我创造了你的双足
你是我熟悉的深色泥土
我重新触摸到了小麦，在你的臀部。

---

① 位于巴西、秘鲁与哥伦比亚的界河。
② 琴查马利，玛蒂尔德出生地的一个小镇。
③ 弗隆特拉，聂鲁达度过童年的地方。

阿劳科女人啊,或许你不知道
在爱你之前,我曾忘记你的吻
我的心,只记得你的唇

我宛似街上受伤的行人
亲爱的,直至我恍然大悟:
找到了自己火山与亲吻的领土。

第七首

"你会跟我来",我说过,无人知道
我的痛处在哪里并如何颤抖,
对于我,没有船歌也没有石竹,
无非只有一道爱的伤口。

我重复:跟我来吧,如同我在死亡,
无人看到我嘴上淌血的月亮,
无人看到那升华到寂静的血浆。
爱人啊,此刻让我们将那带芒刺的星星遗忘!

因此,当我听到你的声音你在重复
"你会跟我来",就好像在释放
痛苦,爱情,葡萄酒的愤怒

这酒升上来,从地下的酒窖
我口中重又感受火焰、血液、
石竹、岩石与烧伤的味道。

中午

第三十三首

亲爱的,现在咱们回家
那里的藤蔓在沿着台阶向上爬:
在你走进自己的卧室之前
赤裸的夏日已经迈着忍冬的双脚到达。

我们流浪的亲吻漫游了世界:
亚美尼亚,浓浓的蜜滴被挖掘出来,
锡兰,绿色的鸽子,扬子江
用古老的耐心将日夜分开。

现在,亲爱的,沿着噼啪作响的海洋
我们像两只盲目的鸟儿回到墙头,
回到遥远春天的巢房,

因为爱情无法不停地飞翔:

我们的生命要走向大海的岩石或峭壁，
所有的亲吻都回到了我们的领地上。

第三十四首

你是大海的女儿，香草的表妹，
女泳者啊，纯洁的水缔造了你的身体，
女厨师啊，你的血液是有生命的泥土，
你习惯的是鲜花和大地。

你的眼睛注视水面便使得浪花汹涌，
你的双手伸向大地便使种子跳动，
你在水中和地里有丰厚的财富
它们宛似黏土的法则在你身上交融。

水仙啊，请将你绿宝石的身躯剪裁
然后在厨房复活并使花儿绽放
从而承担起一切的存在

并最终安睡在我的胸怀，
梦中的浪花是蔬菜、海藻和芳草，
为了让你休息，我的双臂会将阴影拨开。

下午

第五十九首
（G. M.[①]）

可怜的诗人们啊，生命与死亡
都在迫害他们，以同样的固执，
然后便淹没在喧闹的浮华中，
被赋予纪念的仪式和葬礼的牙齿。

现在，他们——像石子般暗淡，
在狂傲的骏马后面，伸展，
行走，最终被多事者管辖，
在侍从中，不得安静地入眠。

此前，当确信死者已经归天
人们用火鸡、猪肉和其他演说家
将葬礼变成一场可悲的筵宴。

[①] 智利女诗人加夫列拉·米斯特拉尔（Gabriela Mistral, 1889—1957）名字的缩写。

人们窥视其死亡并将她欺凌：
只因为她的口已经合拢
不能再发出回应的歌声。

第六十一首

爱情带来了痛苦的尾巴，
芒刺长长的静止的光带，
我们闭上眼睛，因为任何
任何伤害也不能将我们分开。

这哭泣并非你眼睛的过失：
你的双手并未钉在这把剑上：
你的双脚并未将这条路寻找：
暗暗的蜜流到你的心房。

当爱情像一个无垠的巨浪
使我们化作繁星碰在岩石上，
使我们仅仅和一种面粉揉在一起，

痛苦落在了另一张温柔的脸庞
于是受伤的春天献身
在季节开放的阳光。

夜晚

第七十九首

夜里,亲爱的,将我们的心系在一起,
它们在梦中能将黑暗打翻在地,
如同在树林里敲打两面鼓
抗击潮湿树叶堆积成的厚厚的墙壁。

夜间的行程:梦幻黑色的火炭
将大地葡萄的线路截断,
以狂热列车的准点,拖着
阴影和寒冷的石头不停地向前。

因此,亲爱的,将我系在更纯洁的
行动上,系在坚韧上,它在你胸中
拍打,用浸在水中的天鹅的翅膀,

为了让我们的睡梦只用一把钥匙,
只用一扇被阴影关闭的门,
回答天空繁星般的疑问。

第八十一首

你已经属于我。请带着你的梦栖息在我的梦里。
爱情,痛苦,劳作,此时都应进入梦乡。
夜旋转在自己无形的轮子上,而在我身旁,
你纯洁得像熟睡的琥珀一样。

亲爱的,任何人都不能进入我的梦乡。
而你,将与我一起走在时间的水面上。
任何人都无法和我一起在阴影中漫游,
只有你,千日红,永恒的太阳,永恒的月亮。

你的双手打开娇嫩的拳头
让温柔的符号落下,漫无方向,
你的双眼闭上,像两只灰色的翅膀,

我跟随你带来的水,这水又带着我流淌:
夜晚,世界,风卷起自己命运,
没有你,我不过是你的梦想。

第九十二首

亲爱的,倘若我去世而你未去世,
亲爱的,或者你不在而我尚在人寰,

咱们不给痛苦更多的领地：
我们占居的是最大的空间。

麦子中的灰尘，沙滩里的沙，
流动的水，漫游的风，时间
携带着我们像飘浮似的谷粒。
我们在时间中或许不能相遇。

让我们相遇的这片草原，
啊，这小小的无限！我们归还。
但是爱人啊，这份爱并未结束，

这就如同它没有诞生
也就不会死亡，像一条长河，
只变换双唇和地方。

伟业之歌 [1]

(1960)

和黑人一起舞蹈

大陆的黑人,你们为新大陆
奉献了它所缺少的盐分:
没有你们,手鼓不会呼吸,
六弦琴发不出声音。
我们绿色的美洲毫无动静
直至它像棕榈一样摇摆
那时从一对黑人男女
血与美的舞蹈诞生。
然后经受了多少苦难
砍甘蔗直至闭上眼睛
在森林中将猪饲养
将最重的石头背在肩上

---

[1] 选译一首。

洗的衣物像金字塔

扛重物将阶梯登攀

路上无人照顾分娩

既没有勺也没有盘

挨的棍子比工资多

忍受卖掉妹妹的辛酸

整整一个世纪都在磨面

每星期却只有一天能用餐

像马一样不停地奔跑，

将一箱箱布鞋分完，

手握扫把和锯子，

不是挖路就是开山，

疲惫地躺下，和死神为伴，

每日清晨再复活

用身体和灵魂舞蹈，

唱别人没唱过的歌。

心灵啊，为了将这些诉说

生命和话语都离开了我

我无法继续，因为我更愿意

和非洲的枣椰树

和乡土音乐的教母们一同去，

现在这音乐从窗口将我激励

和哈瓦那的黑人兄弟

沿途跳舞去！

智利的岩石[①]

（1961）

智利的岩石

智利疯狂的石头
从山峦洒落，
汇成黑色、盲目
昏暗的河流
拧成
大地上的道路，
为工作日
画上句号并放置石子，
白色的岩石
阻断河流
它们
是温柔的

---

① 选译三首。

并被一条
泡沫的
地震带
亲吻,
高处
闪光的
花岗岩
在雪
下面
像一座修道院,
像最坚强
祖国的
脊柱
或不动的
航船,
船头
属于可怕土地,
岩石,无限纯洁的岩石,
带着
宇宙鸽子的印记,
像太阳,风,力量,矿石的梦想
和朦胧的时间一样坚强,
疯狂的石头,
星星

和昏睡的

楼阁,

山峰,岩石,滚动:

寂静

继续

你们极坚强的

寂静,

依仗智利

极地的授权

及其含铁的光明。

耕牛

泡沫的动物

行走

沿着夜晚,白天,

沙滩。

秋天的

动物

走向

苔藓

古老的芳香,

地下

岩石的花朵,

盛开

在温顺耕牛的下巴上

雷声和践踏的地震

发生时

它在倒嚼黑暗,

当泡沫活着,

它在闪电中,

当白昼

从塔楼上

撤去时光,

而黑夜

将自己昏暗、寒冷

而又颤抖的口袋

倾倒在时间上。

岩石和鸟儿

南方大海的鸟儿

你们休息吧,

这是伟大孤独的时光,

岩石的时光。

我熟悉每个鸟巢,

流浪者
偏僻的住房,
我爱它们在南极的飞翔,
遥远的禽类忧郁地直来直往。

此时请休息
在岛屿的
圆形剧场:
我无法,无法
和你们交谈,
没有
　　　信函,没有
　　　　　　　电报
在诗人和鸟儿之间:
有秘密的音乐,
秘密的翅膀,
羽毛和威严。

何等遥远而又贪婪
金色残酷的双眼
将逃跑的白银窥探!

带着合起来的翅膀
一颗流星在下降,

泡沫在光辉中跳跃，
带着一条血淋淋的鱼
又一次向高处翱翔。

从智利的群岛，
雨水建成了
自己的家园，
伟大黑色的翅膀来了
一路切割苍天

并统治着冬季的
领土和距离，
冒险的禽类啊，
属于岩石、大海
和不可能的苍天，
你们在这里，
在孤独岩石的大陆，
留下了
爱情，生命，粪便。

典礼之歌 ①

（1961）

西方的侄子

我满十五岁时玛努埃尔叔叔来了
重重的手提箱里有衬衣、鞋子和一本书。
书名是《水手辛巴德》，我突然知道
在远离雨水的地方，世界像
甜瓜一样明亮，多情并有鲜花开放。
在那些省份，麦浪
波动着夏日时光，像金黄的旗帜
而孤独纯洁，像一本翻开的书，
一个橱窗，盛着被遗忘的太阳。

二十年了！海难！
发狂的战斗，

---

① 选译三首。

文字

接着文字,

蓝色,

爱情,

和没有海岸的辛巴德,

而那时

消瘦的晚上,

葡萄酒的光芒噼啪作响。

我一本一本向书发问,都是门,

有人探头回答,然后

又无下文,页面纷纷散掉,

人们在那一章的入口推敲,

帕斯卡尔①逃走,和三个火枪手一道,

洛特雷阿蒙从蜘蛛网落下,

克维多,逃亡的囚犯,死者的学徒

在马的骨架上驰骋

总之,他们没有在书中回答:

家中空无一人,他们不见踪影。

当你把门打开只有一面明镜

照出整个的你并使你浑身发冷。

---

① 帕斯卡尔(Pascal,1623—1662),法国数学家、物理学家、笃信天主教的哲学家和散文大师。

西方的，是——是是是是——，
被烟草和潮湿弄脏，
像一辆散了架的旧车
将车轮丢给了月亮。
是，是的，尽管如此，
出生无用，一切都安排定并胡乱整：
后来便是街道上的营生，
衙门和职务酸楚的下属，
可怜知识分子寒酸的职能。
就这样，灵魂在大学生的扑克牌
和巴赫之间消磨，有降有升，
血液采取楼梯的形式，
温度在兴奋和调整。

我们失去的沙地，岩石，枝叶，
曾经的我们，剖腹产婴儿野性的脐带
留在后面无人落泪：
城市不仅吞噬了那位姑娘
她来自托尔屯，手提盛着鸡蛋
和母鸡的浅色箩筐，而且
也吞噬了你，西方人，混血兄弟，
心怀敌意，有品级的流氓，
世界渐渐对蛆虫产生了兴趣
不再有青草，不再有露珠在地球上。

帕伊塔① 未下葬的女子

献给玻利瓦尔的情人

玛努艾拉·萨恩斯的挽歌

序言

从瓦尔帕莱索海上。

太平洋，利刃的艰难之路。

逝去的太阳，航行的天空。

船，水上枯干的昆虫。

每一天是一把火，一顶王冠。

夜晚在熄灭，在分开，在消散。

啊，白天，啊，夜晚，

啊，阴暗和光明的

航船，孪生的船！

啊，时间，航船岩石般的痕迹！

天空向巴拿马，缓缓航行。

啊，海洋，平静之花向外扩充！

我不去不回也不懂。

我们存在但闭着眼睛。

---

① 帕伊塔，秘鲁同名海湾的渔业和商业码头。

1 秘鲁海岸

像一把匕首出现
在两个蓝色的敌人之间,
荒芜的枷锁,寂寞,
在被阴暗打破的夜晚
在同样被阴暗打破的白天,
像嘴巴一样沉默
保守秘密直到永远,
顽固的孤独
只有寂寞
其他的威胁全无。

啊,沙漠
漫长的山峦
和失落的孤独,
啊,赤裸
昏睡
而又孤僻的雕像,
向谁
向谁们
告别
奔向大海,
此刻

从海洋
将谁
等待?

什么花朵出现,
什么布满鲜花的船只
在海上缔造春天
并给你
留下尸骨,
还有金属般强硬的
死神的洞穴,
残暴的盐分
侵蚀的山丘?
一切都在风浪中溜走,
根和春天均不再回头。

在漫长的
时光
过后,
你依然
清醒,在大海旁,
沙滩的孤独,
死神像铁一样,
旅游者

消耗了
流浪的心：
你没给他
一根树枝一丝清凉，
没给他倾倒的歌唱，
没给他供男女
相爱的住房：
只给了他
海鸟咸味的飞翔
将浪花溅在岩石上。
使"再见"
离开地球的寒冷，
奔向远方。

往后，再见，
我走了，
苦涩的
海岸。
在每个人心中
都有一颗种子
在颤动
它在寻找
天上的水
或多孔的铸造：

当人只看到酒杯似的

长长的矿山

和延展的蓝天

与无情的

贫民窟对抗,

就会改变航向,

继续自己的行程

身后留下海滩,

也留下

遗忘。

2 未下葬之女

在帕伊塔,我们问起

"已故"的她:

被埋者多么美丽,

请摸一摸她的土地。

人们不知她在哪里。

古老的扶梯,

空中的阳台,

到处是攀缘植物的古城

洋溢着大胆的芳香

像一个看不见

把手的篮筐

装着菠萝,

浓浓的番荔枝,

市场里的

苍蝇

嗡嗡叫,在被抛弃的

邋遢人身上,

印第安妇女

坐在剁下的

鱼头中间

以不可一世的姿态

叫卖

假文物,

——地下

铜制的女王——,

那一天的天气阴暗,

那一天疲惫不堪,

那一天是迷失的

行者,长途跋涉

尘沙弥漫。

我拦住的人

有儿童,

壮年，

老年，

他们不晓得

玛努艾丽塔①

在何处安葬

不知哪里是她的家

也不知

她的骨灰在何方。

上面是黄色的山岗，

干燥得像骆驼一样，

静止不动的旅行，

死者的旅行，

因为水

流动，

泉透明，

河在涨并歌唱，

那坚硬的山岗

持续着时光：

那是年龄，光秃的山

静止的行程，

我在将玛努艾丽塔打听，

---

① 玛努艾丽塔即小玛努艾拉，是对她的爱称。

可他们不晓得,

不晓得这鲜花的姓名。

我们问大海,

问古老的大洋。

秘鲁的大海

浪花中睁开印卡人的眼睛

绿松石缺牙露齿的口倾诉衷情。

3　玛努艾丽塔和大海

女船工,科兰的装卸工,女强人,

她将我带到这里。

美女带我航行,我对她有记忆,

步枪的美人鱼,

渔网的遗孀,

会做生意黑白混血的小姑娘,

倒卖蜂蜜、鸽子、菠萝和手枪。

她睡在酒桶中间,

抓紧暴动的火药,

抓紧刚刚捕获上船

各种各样的鱼类,

抓紧转瞬即逝的黄金岁月,

抓紧码头磷火般的梦幻。

是的，我记得她的皮肤像黑色松脂油，
坚强的眼神，铁一般敏捷的双手。

我记得消失的女指挥官
生活在此地
在这些波涛上，
但不知去了何方。

不知她献给爱人最后的吻
在哪里，也不知
哪里是吞噬她的最后的波浪。

4　我们找不到她

没有，大地之女没有仰卧在海上，
玛努艾拉不会没有船只，没有方向，
没有星星，独自在暴风雨中央。

她的心是面包，因而
会变成面粉和沙滩，
会沿着烧焦的山岗曼延，
会将孤独变成空间。
她不在这里，这里只有孤单。

她的手不知疲倦，不可能

碰到自己的戒指和乳房，

还有她的口，橘花

长长的鞭子在那里闪光。

在这里的地窖

来访者找不到帕伊塔

长眠的女性，找不到

被虫蚀的长矛、被孤僻墓地

无用的大理石包围的女性，

这墓地抵御灰尘和大海

保护着多少亡灵，

在这小丘上，没有，

没有玛努艾拉的坟墓，

没有将这花朵安葬，

没有这静卧女子的灵台，

她的名字不在木牌

也不在庙宇粗糙的岩石上。

她走了，在坚硬的山峦

随风飘散，在盐分

和山崖中，失去

世上最忧伤的眼睛，

她的发辫化作了水，

化作了帕伊塔的河流，

她的亲吻

憔悴成了山丘的空气,

这里有土地和梦想

有飒飒作响的旌旗,

她就在此地,但无人

能再聚集她的美丽。

5　情人不在

情人啊,为什么将你的名字说出?

在这些时候,只有

她驻足。

他只是寂寞,

持续粗犷的孤独。

爱和土地建立了

光合作用,

甚至这个太阳,最后的太阳,

生死攸关的太阳,

在寻觅

昔日之光的整体。

寻觅

而它的光线

有时

垂死挣扎
边寻边砍，像利剑
插进沙中，
"情人"之手一定
会握住令人心碎的剑柄。

死去的"情人"，
必定要你的姓名，
但是寂静知道
你的名字去了山里，
跨着骏马，驾着雄风。

6 肖像

谁活过？谁活着？谁在爱河中？

西班牙蛛网恶贯满盈！

赤道眼睛的篝火在夜晚，
你的心燃烧在广阔的空间：
你的口和曙光融为一团。

玛努艾拉，水和火炭，这立柱支撑的
不是宽大的屋顶而是狂热的星星。

直至今日我们仍在沐浴那一缕
遥远的阳光,呼吸那受伤的爱情。

7　我们找不到你

不行,什么也无法聚集你坚实的体形,
无法使你燃烧的沙砾再生,
你的口不会再开双重的花瓣,
你的双乳不会再膨胀洁白的衬衫。

孤独布置了盐分,寂寞,马尾藻,
而你的侧影被沙粒吞食,
你野性的腰肢在空间消失,
孤身只影,和骄傲的骑手失去了
联系,后者一生在火中奔驰。

8　实在的玛努艾拉

你没有在这荒凉的山里安歇
没有选择尘埃静止的世界。
然而你并非空虚中的幽灵。
你的记忆是物质、肌肤、火和甜橙。

你的脚步将不再惊动寂静的客厅,

也不会在午夜的月光下返程,
不会再通透地进来,没有身体和气息,
双手不会再让沉睡的齐特琴发声。

你不会再从塔楼到塔楼拖着绿色的光芒
好像被遗弃的橘花已经死亡,
你的脚踝也不会再在夜里叮当作响:
只有死神将你从镣铐中解放。

不,不是幽灵、阴影,亦非寒冷中的月亮,
没有哭泣、埋怨,也没有逃跑的衣裳,
而是那个身躯,它连结着爱情,
就是那双给大地脱粒的眼睛。

她那为胡萨尔①的傲慢之火
和道路的游荡之王筑巢的双腿,
在森林中跨上坐骑
又飞奔下雪花石膏的阶梯。

她拥抱的双臂、指头、脸庞,
两半深色玉兰似的乳房,
浑圆的臀部像赤道的面包,

---

① 胡萨尔(Húsar),匈牙利十五世纪的骑兵。

秀发上的鸟有两只黑色的翅膀。

就是这样,几乎赤裸,漫步在风中
如今那暴风雨般的风对你依然钟情。
你现在依然存在如同以往:实在,
真切,不可能变成死亡的生命。

9 赌博

你黝黑的小手,
西班牙女子消瘦的双足,
坛子状清晰的臀部,
血管里奔腾着
绿色火焰的古老河流:
你将这一切燃烧的珍宝
放在牌桌:如同
被遗弃死去的橘花,
纸牌沐浴着烈火:
这是生与死的赌博。

10 谜

现在谁在吻她?
不是她。不是他。不是。

是风和旗帜。

11　墓志铭

这是个受伤的女人:
在诸多行程的夜晚
曾有梦中的凯旋,
追求拥抱的痛苦。
保护情人的利剑。

12　她

你是自由,是恋人,
是自由之神。

献出了天赋和困惑,
被放肆地崇拜过。

当你的长发过往
暗中的雕鹗会惊慌。

房瓦会变得清爽,
雨伞会闪烁光芒。

房屋会更换衣裳。
冬天会变得透亮。

那是玛努艾丽塔穿过
利马疲惫的街巷,
波哥大的夜晚,
加拉加斯黑色的套装,
瓜亚基尔的暗淡无光。

从此便迎来天亮。

13　询问

为何?你为何不回来?
无限的情人啊,为你加冕的
不仅是橘花,
不仅是伟大的爱情,
不仅是待客厅中
红色的丝绸和黄色的明灯,
不仅是情深意浓的
床单和忍冬,
而且还有,
女王啊,还有
我们的鲜血和我们的战争。

14　万籁俱寂

现在只剩下我们。
只有我们，和那骄傲的女人。
只有我们，和那身穿
紫色闪电的女人。
和那三色的女皇帝。
和基多那位多姿多彩的女人。

整个世界静寂一片
她选择了这凄凉的河滩，
帕伊塔苍白的水面。

15

不能用那份荣光来描述你。
今天我只要那朵玫瑰，
她在沙滩中化作渺茫。
我愿将遗忘分享。

我愿看到漫长的时光
像被折叠的旗帜，
在寂静中躲藏。

我愿看到那位隐藏的女人。

我愿得到她的音信。

16　流放

有的流放在撕咬
也有的像在熄灭的火苗。

有亡国的痛苦
自下而上
从双脚和根
突然使人窒息，
谷穗认不出，
吉他拨不响，
嘴巴没有空气，
离了土地已无法活
于是便跌倒趴下，
不是在地上，而是在死亡。

我熟悉歌的流放，
那的确是有药可医的病症，
因为在歌声中失血，
血流出来会化作歌声。

那个人失去了父母双亲,
同时失去了儿女,
失去了家门,
一无所有,包括旗帜,
那人依然在滚动着前进
我为他的痛苦命名
并在自己的暗箱中保存。

而那流亡的斗士,梦中
在战斗,吃饭在战斗,
不吃不睡也在战斗,走路
在战斗,不走也在战斗,
这并非流亡的痛苦
而是手在打击
直至墙壁的石头
听到并坠落,那时
会流血,但终将过去:
便是人的胜利。

然而对这种流亡,我莫名其妙。

玛努艾拉。这可悲的骄傲。

17　孤独

我愿和你一起行走并知道,
知道为什么,
走在分散的内心,
向失落的灰尘,向分散
而又孤僻的茉莉发问。

为什么？为什么这土地贫瘠？

为什么这光辉无靠无依？

为什么这阴暗没有星光？

为什么帕伊塔只为死亡？

18　花

啊,爱情,沙地的心灵!
啊,精力充沛便被掩埋的女性,
躺在那里没有坟墓,
利剑颜色的天使,
记忆中令人诅咒的女童。
啊,残酷的露珠,战争和太阳

牢不可破的女中豪强。
啊，被柔情和坚硬
掌控的至高无上的花朵。
啊，苍天手中的美洲狮，
啊，血色棕榈树，

请你告诉我，烈火亲吻的双唇
为何沉默不语，
握着宝石权力、风之提琴
和上帝弯刀的双手
为何在海岸留下印迹，
那双眼睛将光芒
点燃而又熄灭
留在这里注视
波浪如何升降
风如何来往
时光为何一去不回：
只有孤独没有出路
可怕灵魂的这些岩石
被鹈鹕玷污。

啊，女友啊，对此我很糊涂！

19 再见

再见,你缓慢的小船穿过迷雾:
像一道射线那样透明,
在黑暗的影子中沉默不语:
独自走,独自上,没有方向和船工。

再见,玛努艾拉·萨恩斯,纯洁走私者,
游击战士,或许你的爱
已将枯燥的孤独和空虚的夜晚补偿。
你的爱使其野性的灰烬飞扬。

自由女神啊,没有坟墓的你,
请接受在你的骨骼中淌血的王冠,
接受一个新的在遗忘上的爱的亲吻,
再见,飓风般的朱丽叶,再见,再见。

请回到你的小船电动的船头,
将海上的网和步枪引领,
你的秀发联合你的眼睛,
你的心使死亡之水上升,
只见海潮再次出现,
你宝贵的爱情引导航船向前。

20　复活

在坟墓或海洋或陆地,在营地或窗前,
请还给我们你不忠之美的光线。
呼唤你的身体,寻找你牙齿脱落的形状
重新成为船头上被引领的雕像。

(那"情人"[①]在地窖中将颤抖得像河流一样。)

21　祈求

再见,再见,再见,难驯服未安葬的女人,
红玫瑰,甚至是在流浪死亡中的玫瑰,
再见,在帕伊塔的尘埃中默默无言,
被风沙解体的花冠。

在此我求你重新成为
依然光芒四射的玫瑰,古老的亡灵,
你的幸存之物与其相融
直至你受人崇拜的骨骼赫赫有名。

那"情人"在梦中觉得有人叫他:

---

① "情人"(el Amante)指西蒙·玻利瓦尔。

有人，最终是那失去的女子，女船工
走近并在同一条船上又一次旅行，
那"情人"依然在做梦，两人，
此时重新结合在赤裸的真实中：
光线的灰烬未锁住死亡
未将盐吞噬也未将沙耗光。

22　我们将离开帕伊塔

帕伊塔，海岸

腐朽的码头，

破损的

阶梯，

悲伤的鹈鹕

疲惫不堪

坐落在

死去的木材

大大的棉包

皮乌拉省的箱子上。

困倦而又空虚的

帕伊塔在运转

伴随小海湾

小波浪的节奏

冲击石灰质的护墙。

这里

似乎有

某种巨大的缺失

动摇并毁坏了屋顶和街巷。

空空的住房，

破损的城墙，

一株三角梅

沐浴着阳光

将紫红色的血流淌，

其余便是土地，

被遗弃的

干燥的沙荒。

航船

奔向远方。

帕伊塔

在沙滩入梦。

未安葬的玛努艾丽塔，

失落在

冷酷

严峻的孤独中。

船回来了，卸下黑色的

商品，沐浴着晴空的骄阳。

秃头的大鸟
一动不动
站立在
滚烫的岩石上。

航船离开了。
大地不再有
别的名字。

在天空和海洋的
两种蓝色之间
一条沙的路线，
干燥，孤独，昏暗。

然后黑夜垂下幕帐。
航船、海岸和海洋，
陆地和歌唱
统统驶向遗忘。

节日尾声(之十二)

白色的泡沫,三月在岛上,

我看见一浪接一浪,冲垮白色,

大洋在倾斜其欲壑难填的杯,

教士般鸟群缓慢的长途飞行

将宁静的天空划破

而黄色来到,

变换月份的色调,

海上秋天的胡须在生长,

我叫巴勃罗,

我依然是我,

有爱情,有困惑,

有债务,

也有无垠的海洋

和鼓动波浪的职工,

有多少风云变化使我

将那些尚未诞生的民族出访:

在海上和他们的国家来往,

我熟悉

芒刺的语言,

硬鱼的牙齿,

不同纬度的冷颤，
珊瑚的血，鲸鱼
沉默的夜晚，
因为从一地到另一地，我
穿越一个个河口，处处受折磨，
总走回头路，何曾安宁过：
没有自己的根，我有何话说？

全权 [1]

(1962)

大洋

比浪更纯粹的躯体,
洗刷海岸线的盐分,
而清晰的鸟类
飞着,可它没有根。

大海

一个独处的生灵,可是没有血性。
一种独自的爱抚,玫瑰或亡灵。
大海来了并汇集我们的生命,
而且只会进攻,分裂,在人间

---

[1] 选译五首。

日夜播放自己的歌声。

本质是:火与寒冷:运动。

鸟儿

白昼带来的一切

从一只鸟落到另一只鸟,

白昼从长笛到长笛,

穿着翠绿的衣裳

伴随着开辟隧道的飞翔,

风从那里经过

鸟儿在那里将蓝色

而又密实的空气打开:

夜晚从那里进来。

从那么多的旅行回来

我变成了绿色并在

太阳和地理中间陶醉:

我见过翅膀如何运作

见过长羽毛的电报

如何将芬芳传播,

我从上面看见了道路,

泉水,瓦片,

渔夫们去捕鱼,

泡沫的长裤，一切
都从我的蓝天看到。
没有比燕子的旅行
更多的字母表，
纯洁而又细微的水
属于燃烧的小鸟
而且在离开花粉时舞蹈。

为了所有人

本应对你说的事
突然不能对你说，
啊，原谅我，你会知道
我既未昏睡也未哭泣
尽管你听不到我的话语
从很久以来直到永远
我和你同在但未谋面。

我理解很多人在想，
巴勃罗在做什么？我在这里。
如果你在这条街上找我
你会找到我和我的提琴
准备歌唱

也准备死亡。

不是抛弃谁的问题
更不是抛弃那些人和你,
如果在雨中,你听得清,
你会听到
我回我走我停。
你知道我应该起程。

如果我说的话不容易懂,请你
不要怀疑我和原先有什么不同。
没有不结束的寂静。
当时候到了,请等一等,
大家会知道我来到了
街上,带着我的琴声。

全权

我写作为纯洁的太阳,为全街道,
为全海洋,在那里我能歌唱,
只有流浪的夜晚能阻止我,
但是我在它的打断中收集空间,
为很长的时间收集阴暗。

夜晚黑色的小麦在生长
当我的眼睛打量这草原
我从太阳到太阳将钥匙制造：
将一把把锁寻找，哪顾得黑暗
为大海打开一个个破损的门
直至用浪花将柜橱装满。

往返不会使我疲倦，
死神无法用石头将我阻拦，
存在与否我都不会厌烦。

有时我自问是从何处
是从父母还是从山峦
继承了矿石的义务，

思路属于一个燃烧的海洋
我会继续因为要继续歌唱
因为我要歌唱我要歌唱。

发生的事情无法解释
当我闭上眼睛并如同
在两条海下的水道间通行，
一条在枝杈间将我引向死亡
另一条在歌唱为了让我也歌唱。

就这样,我由虚无构成
如同大海用白色含盐的颗粒
向礁石发动进攻
并用波浪为岩石造型,
于是死亡将我包围
却为我打开了生命之窗
我在充分的发作中入梦。
在光天化日下沿着阴影前行。

黑岛纪事[1]

（1964）

出生

一个男人出生在
很多
出生的人中。
我生活
在很多生活的人中，
没有历史
只有土地，
智利中部的土地，那里
葡萄藤卷曲自己绿色的头发，
靠阳光维持生命，
葡萄酒在村镇脚下酿成。

---

[1] 选译十首。

那地方叫帕拉尔①

冬季

我出生在那里。

房屋和街道

已不复存在：

山峦

放走了马匹，

日积月累

深厚的

强权，

怒火流向群山，

村镇没落了

在地震里沦陷。

于是土坯的墙壁，

墙上的肖像，

昏暗客厅里

摇摇晃晃的家具，

不时被苍蝇打断的寂静，

都又化作灰尘：

只有我们几个人

---

① 聂鲁达的出生地帕拉尔，位于智利中部，此地盛产葡萄，帕拉尔（Parral）有葡萄藤或葡萄园之意。

将形体和血液保留,
只有几个人,还有葡萄酒。

葡萄酒依然存活,
脱落下来的
葡萄甚至
沿着流浪的秋天
攀升,
化作悄悄的汁液
下到酒桶
染上温柔血液的颜色,
在那里
冒着可怕土地的恐惧
继续
赤裸着维持生机。

我不记得
风景和时光,
面孔和形象,
只记得摸不到的尘埃,
夏天的尾巴和墓地,
人们
把我带到那里
在坟墓中间

去看母亲的梦想。
由于我从未见过
她的脸庞，为了见到她
我在那些死者中呼唤，
但是她和那些被埋葬者一样，
不懂，不听，什么也不回答，
就这样，孑然一身，没有儿子，
在阴影中间
孤苦伶仃地躲藏。
我出生在那里，
那颤抖的土地上的帕拉尔，
满载葡萄的土地
而葡萄藤，从我死去的母亲
那里诞生。

亲娘①

亲娘从那边来了，
踏着木屐。昨晚
极地的风，
刮破了屋瓦，

---

① 这里指的是诗人的继母。

使墙壁和桥梁垮塌,

美洲狮整夜怒吼,

此刻,清晨

太阳已被冻结,亲娘

堂娜特立尼达·马尔维尔德

来了,多么温柔

就像暴风雨地区

太阳小心翼翼的清爽,

像小小的灯盏

熄灭

又点着,

只为将大家脚下的路照亮。

温柔的亲娘啊

——我从不能

说出继母二字——,

此刻,我的口

因为说出这样的称呼而发抖,

因为在我

还不懂事时

就看到穿着可怜黑衣的善良,

看到最实用的圣洁:

水和面粉,

那就是你:生活使你化作面包

生活中我们在将你消耗,
漫长而又荒凉的冬季,
房间里
漏着雨滴
你无处不在的谦卑
在为可怜的粗粮
脱粒
就像在分配
一条宝石的水渠。

娘啊,如果不想你
我如何能
度过生命的每一分钟?
绝无可能。我在血液中
带着你"绿色的大海"①,
那分配面包的
姓氏,
那双
温柔的手
割开面粉口袋
和我儿时的内裤,
做饭,洗衣,熨烫,

---

① 诗人继母的姓氏 Marverde 是"绿色海洋"的意思。

播种，帮我退烧，
当她将一切安排好
我已能站稳双脚，
她走了，躲进小小的棺木，
默默无闻，完成了使命，
第一次休闲
在特木科冷酷的雨中。

父亲

粗暴的父亲
从他的列车回来：
夜间
我们能分辨
火车头的
汽笛声
用流浪的咆哮，
夜晚的抱怨，
穿透雨水
然后是
颤抖的门：
一阵风和父亲
一起进来

在双脚的践踏和压力下

房屋

摇晃，

吃惊的门

相互碰撞

发出

低沉的手枪设计的声响，

台阶呻吟

伴着大声的斥责，

满怀敌意，

与此同时那威猛的阴影，

瓢泼似的雨水

从屋顶冲下

渐渐窒息了

世界，

只听得风声

在和雨水抗争。

然而，要是白天。

列车的车长，寒冷的凌晨，

曚昽的太阳

刚刚破晓，他的脸庞已在那里，

他的小旗

红的绿的，信号灯已备好，

机器的用煤已在它的地狱，
站台上列车沐浴着雾气
任务是开向各地。

铁路职工是陆地上的海员
在没有机器的港口——
树林的村落——火车奔跑不停，
对大自然放纵，
完成在大地上的航行。
当长长的列车在休息
朋友们聚在一起，
进来，我儿时的门打开，
伴随铁路职工之手的拍打
餐桌在摇晃，
兄弟们粗大的杯子相撞
眼睛里闪着
葡萄酒的
光芒。

我可怜而又坚强的父亲
在那里，在生活的轴心，
男子汉的友谊，斟满的酒杯。
一种飞快的军旅生涯
在他的清晨早起和旅途之间，

在其到达为了跑着离开之间，
有一天的雨水超过其他的日子
司机何塞·德尔·卡门·雷耶斯[①]
登上了死亡的列车至今未还。

诗歌

在那个年纪……诗歌
来找我。我不晓得，不晓得
它来自何处，冬天或河流。
不知如何并何时，
不，不是声音，不是话语，
也不是静寂，
但是它从一条街道呼唤我，
从夜的枝条，
突然在其他人中，
在烈火中
或独自归来，
没有面孔
在那里并将我抚摩。

---

① 聂鲁达的父亲。

我不知说什么,我的口
不会
发声,
眼睛已经失明,
有什么在我的灵魂中冲撞,
热度或是迷失的翅膀,
我独自行走,
揣摩着
那个烧伤,
并写下了那空泛的第一行,
空泛,无形,
纯粹愚昧,
无知者
纯粹的智慧,
突然只见
天空
打开
并散落
群星,
跳动的种植园,
被箭、火和花朵
穿透的
黑暗,
不可抗拒的夜晚,天地人间。

我,渺小的存在,
沉醉于伟大的
布满繁星的天空,
和神秘形象
相似,
我觉得自身变成
那深渊纯洁的一部分,
我和繁星一起滚动,
我的心放飞在风中。

人的本性

从我身后向南,大海
用寒冷的锤捣碎了陆地,
从被抓破的孤独
寂静突然变成了群岛,
绿色的岛屿
是祖国束紧的腰带
宛似海上玫瑰的花粉和花瓣
再往前,深深的树林
被萤火点燃,淤泥磷光闪闪,
树木垂下枯干的长线
宛似杂技表演,而阳光点点滴滴

像密林中绿衣美女舞姿翩翩。

我在成长,激励我的是寂静的种族,
木材闪光的锐利的斧头,
土地、城市和葡萄酒秘密的芳香:
我的灵魂是在列车间迷失的酒窖
在那里枕木和木桶,还有导线、
燕麦、小麦、海带、广告牌以及冬天
连同它黑色的商品统统被遗忘。

于是我的身体在扩充,
双臂是夜间的雪,
双足是飓风般的领土,
我像暴雨中的河流一样生长,
活力旺盛,伴随着
落在身上的一切,
萌芽,叶片中的歌声,
正在繁育的蜣螂虫,露水中
长高的根,暴风雨依然摇动着
月桂的塔楼,榛树
鲜红的果串,落叶松
神圣的宁静,
就这样,少年时代
如同领土,我有

岛屿，寂静，成长，山峰，

烧焦树干的烟雾，

道路的泥土，火山的光明。

被抛弃的人们

不仅有海洋，海岸，浪花，

不仅有强有力的鸟，

不仅有那些和这些大眼睛，

不仅有戴孝的布满繁星的夜晚，

不仅有和高尚人群在一起的树林，

而且还有痛苦，痛苦，人的面包①。

但为何？那时，我

像刀锋一样单薄，

比黑夜水里的鱼更黑，我再也

无法忍受，只想一下子改变土地。

我突然觉得像嚼最苦的草，

在分担被罪行污染的寂静。

但事物在孤独中诞生和死亡，

理性不停地成长，直至变成荒唐，

---

① 诗人暗指《圣经·创世记》里的情节：由于亚当不听上帝的话，上帝罚他"用额头上的汗水赢得自己的面包"。

花瓣长不成玫瑰,

孤独是世上无用的尘埃,

车轮滚滚,没有土地,没有水,也没有人。

于是正如我迷失的呐喊,少年时代

那脱口而出的呐喊变成了什么?

谁听到了?谁回答了?我走了什么道路?

当我的头撞了那些墙壁

它们回答了什么?

弱小孤独者的声音升高并反复,

贫穷残暴的车轮不停地滚,

呐喊声提高并反复,人皆充耳不闻,

无人知道,包括被抛弃的人们。

林中猎手

走进自己的树林,带着根

和我的繁殖能力:一片

像地图一样大的绿叶问我:

你来自何处?

我没回答。那里

土地是潮湿的,

我的靴子踏进去,在将什么寻找,

要打开大地,

而大地沉默不语。

将沉默到我开始
死去活来,变成藤蔓,
长满芒刺的粗犷的树干
或不停颤动的树冠。

大地沉默,为了不让人知道
其广泛的语言和不同的姓名,
沉默,因为忙于
接受和诞生;
像饥饿的老太婆搜集
死掉的一切:
一切都在她那里腐烂,
直到阴影,
光线,
坚硬的骨架,
水,灰烬,
一切都结成露滴,
森林里
黑色的细雨。

太阳本身也腐烂,
断掉的金线

落入

森林的口袋,很快

混合在其中,化作细粉,

其辉煌的贡献

像被抛弃的武器一样锈损。

我来寻根,

它们找到了

森林的矿物养分,

坚韧的物质,

有毒的铜,

黝黑的锌。

那根一定会滋养我的血,

下面,另一处卷曲

是寂静

强有力的部分,

蜿蜒的步伐盛气凌人:

吞食着前行,

到河边饮水,

秘密的命令

沿树干上升:

所作所为昏暗朦胧

只为天空闪烁碧绿的繁星。

遥远

我喜欢在田野歌唱。

大地宽广,枝叶
在跳荡,生命
变化着成倍地增长:
从蜜蜂到花粉,到枝条,
到蜂巢,到果实,到声息,
那里的一切都是如此神秘
在叶子之间呼吸
好像寂静的节省
和你一起增生。

田野里,我的故土
多么遥远,同一个夜晚
用不同的脚步前行,
脚步上是磷火的血红。

伊洛瓦底江连同根源
来自何方?

多么遥远,来自老虎中间。

在那里被虫蛀的阴影里
羽毛似一场火灾
翅膀在闪闪发光
伴随一道道火舌,绿色的
未入殓的人体在飞翔。

啊,在路上我看见
金钱豹圆圆的电闪
还看见金色的皮肤上
被忘却的烟雾的指环,
那繁星点点的怒气冲冲
凶猛地跳跃和进攻。

在孤独中
大象陪伴着我的旅途,
纯洁灰色的鼻子,
时间的可怜的长裤,
啊,薄雾的畜牲
被关在沉默不语
黑暗的狱中,这时候
有什么在靠近,快逃亡,
鼓,恐惧,火,步枪。

直至被杀害的大象
于惊讶的王国中
在树叶间滚动。

在那些回忆中，我记得
夜晚空旷的森林，
伟大的噼啪作响的心灵。

就好像生活
在大地的子宫：
飞快的哨声，空中
落下的昏暗的一击：
枝叶的意愿
期待自身的发展
和激流般昆虫的群体，
幼虫沙沙作响并成长发育，
被吞噬的垂死挣扎，生命
和死亡在夜间同居在一起。

啊，我珍藏自己的经历
这芳香是如此浓重
在我的感觉中依然胜过
孤独的脉搏
和茂密的律动。

爱情：黛丽娅①（Ⅱ）

大家已经沉默并进入梦乡
如同每个人的过去和未来一样
或许怨恨并未在你心中诞生，
因为它写在无法阅读的地方
它说熄灭的爱情是一种
诞生的痛苦方式而并非死亡。

请原谅我的心
那里有蜜蜂的伟大声响：
我知道，你像所有人一样，
你接触了高尚的蜜汁
并脱离了月亮的岩石，脱离了上苍，
你自己的星宿，
在群星中最透亮。

我不轻视，不藐视，
我将大海的宝贝珍藏，

---

① 黛丽娅是聂鲁达的第二任妻子，比聂鲁达年长近二十岁，是他的政治导师、战友兼评论家，也是一位母亲的形象。

我几乎听不见伤害的话语
并重新构建
我的科学,我的快乐,我的住房,
倘若我走神的眼睛
曾给你增加了悲伤,
那是我毫无理由但也并未疯狂:
我又爱了一回,而且
爱情在我的生活中掀起了波浪,
我曾被爱充满,这仅仅是出于爱情
不愿给任何人造成不幸。

因此,匆匆的过客,
极温柔的女人,
在那些响当当的岁月里
钢与蜜的线曾将我的双手捆绑,
你那时因你的真理而存在
并非像藤蔓缠绕在树上。

我将会度过,我们将会度过,
水在说,而真理
在对着岩石歌唱,
河水在溢出并泛滥,
河岸上
野草在疯长:

我将会度过，我们将会度过，
夜晚对白天这样说，
月对年这样讲，
时光会将正直
强加在输者
与赢者的证人身上，
不过树木在不疲倦地成长
而树木也在死亡，但一个新的胚胎
又成为生命。一切都一如既往。

使人们分手的
并非不幸，
而是成长，
一棵花只会不断地诞生，而不会死亡。

因此尽管人家原谅我
我同样原谅
过失属于他和她
而捆绑在质疑
和卑鄙上的语言
却来来往往，
真理
是
一切都会绽放

太阳不知何为创伤。

真理

理想主义和现实主义,我爱你们
犹如水和岩石
你们
是世界的组成部分,
是阳光和生命之树的根。

哪怕是在死后
我也不会把眼睛闭上,
为了学习,我还需要它们,
用来观察和理解我的死亡。

我需要口
为了在消亡之后歌唱。
还有我的灵魂,双手,身体,
爱人啊,为了继续爱你。

我知道这不可能,可这是我的心意。

我爱那只有梦想的东西。

我有一个花园,它的花并不存在。

我是三角形的,对此坚信不疑。

我还怀念自己的耳朵,
但却让它们蜷缩
在马拉戈塔①共和国腹地
漂浮的码头里。

对肩上的理智,我还能做什么。

我想发明每一天的海洋。

一位专画士兵的伟大画家
有一次来将我看望。
士兵全是英雄,那位好人
描绘他们,兴高采烈地
死在战场上。

他也画现实主义的奶牛
它们都极不寻常

---

① 马拉戈塔(Malagueta)是一种水果的名字,又似和西班牙南方海港马拉加(Málaga)有关联。

不禁令人永久地忧伤
像牛的反刍一样。

排泄与恐怖！我读过那些小说
无休止的善良
还有那么多关于五月一日
以至我现在
只能写关于五月二日的诗行。

好像是人类
将风景挫伤
可从前拥有天空的大路
如今用商业的顽固
将我们压得疲惫难当。

对于美往往也是这样
似乎我们不愿购买
便随心所欲将它包装。

一定要允许美女
和最不能接受的美男子
日夜舞蹈：
我们不应强迫她服用
有效的避孕药。

事实呢?同样,毫无疑问,
不过在使我们增添,
使我们扩展,使我们感到严寒,
无论在面包还是在灵魂的层面
都在将我们编撰。

悄悄地说!我命令
纯洁的树林,
秘密地将自己的秘密
告诉真理:不要如此地自我阻拦
以致使你硬化成谎言。

我什么也不指导,
从不引领方向,因此
将自己歌唱的错误珍藏。

白昼之手 ①

（1968）

一　有错之人

我宣布自己错了，因为我
没有用人们赋予我的双手
做一把扫帚。

为什么做扫帚？

为什么赋予我双手？

双手有何用
如果我只看见粮食的踪影，
只听见风声
而不抓住

---

① 选译五首。

扫把的绳,

大地还在泛绿

而我没去弄干禾苗的嫩茎

没有把它们聚成

金色的捆

没有将木质的梗

堆在黄山坡

直至用扫帚将路扫净?

于是:

我不知生命如何度过

不学,不看,

不将元素采集

并聚合。

此时我不否认

我有时间,

时间,

但没有手,

这样,我如何

凭理性

追求伟大,

既然永远不能

做扫帚,

哪怕只做
一把。

五　忘却

手只工作在服装和身体
臀部
和衬衣
还有书籍，书籍，书籍
至于在空气里
只是影子的手，
无鱼的网：
只证明

别的手的英雄主义
和传承的建筑体——
死去的指头将其建立，
活着的指头使其延续。

我的手中没有"从前"：
我忘记了农民
在我血液的
流程中耕耘：

在我身上没有派遣
铁匠们粗壮的种族
亲手加工
船锚,铁锤,铁钉,
长矛,铁轨,螺丝钉,
机车,船头,为了火车司炉
用沾满油污和煤渣的
肮脏的双手的缓慢
突然成了运动的神仙
在穿越我的童年的列车上,
在雨水绿色的手掌间。

二十 太阳

人们已经知道:雨水
将名字清洗并抹掉。

任何人都无名字可叫。

总之,
水在强迫
开始,
一颗熄灭的星

在那里

没有

名字

岁月

王国

也没有河流。

那时人们不知此事

直至所有人

来往于

自己的

职责

用手

指着广场

在书店打听

被雨水

抹掉的本地的

地理和历史。

直到太阳

从自己的边界下降

并将

诸多黄色的

名字

写在这世界
所有的事物上。

五十九　葡萄酒

这是我的酒杯，你
可看见玻璃后面
血液在闪光？
这是我的酒杯，
我的酒杯
为酒的团结，
为洒落的阳光，
为我和他人的命运，
为我的拥有和无有，
为血色的剑
用透明的杯歌唱。

六十八　旗帜

给你的六弦琴火的一击，
将燃烧的琴高举：
那便是旗。

世界末日[①]

（1969）

五 诗的艺术（I）

作为木匠诗人
我首先要选择木料
光滑或粗糙，准备好：
摸摸味道，
闻闻颜色，手指掠过
芬芳的整体
系统的寂静，
直至我入睡或出神
赤裸或沉浸
在木料的健康：
在其周边上。

---

① 选译五首。

我做的第二件事
是用冒着火星的锯子
锯刚刚选好的木板:
诗句从木板中来
犹如被解放的碎片,
芳香,强健,遥远
为了我现在的诗
有船体,船舱,地板,
或在路边挺立,
或在大海定居。

作为面包师诗人
我要准备火,面粉,
酵母,心灵,
甚至牵扯到用双肘
揉合炉中的光明,
语言碧绿的水分,
为了做成面包
并在面包店卖掉。

我是天生的铁匠,
不晓得人们是否知道
或至少知道我
在为大家也为我

获取一种钢铁的诗歌。

在这等公开的呵护下
我没有炽热的依从：
我是五金店孤独的职工。

我寻找破损的马掌
带着自己的废品迁移
到另一个无人居住的地区，
它被风吹得十分清晰。
我在那里找到新的金属
并将他们变成话语。

我晓得自己形而上
教科书的经验
对诗歌派不上用场，
但我仍让指甲
向工作发起猛攻
那是我亲自用双手
学会的可怜的药方：
如果能够证明
它们对诗歌创作无用
我立刻表示赞同：
我提前撤退

对未来面带笑容。

诗的艺术（Ⅱ）

我什么也未发现，
当我从这个世界经过
一切早已被发现。
如果从这些方面回来
我会要求发现者们
为我保留：
一座无名的火山，
一首陌生的情歌，
一条秘密的河流之源。

我向来敢于冒险
却从未有过险情
我遇到的事
都在心中，
因而我辜负的是
胡安，佩德罗，玛丽娅，
无论多么努力
都离不开我的家。

我满怀嫉妒地

观察不停的受精过程,

精子卫星般的周期,

一个个骨架的补充,

我在绘画中看到

那么多迷人的方式

我还没来得及适应时尚

时尚已踪迹渺茫。

蜜蜂（I）

我对它能做什么！我出生

诸神已经死去

我无法忍受的青春

依然在裂缝中寻觅:

那是我的职责,因此

我觉得自己彻底被抛弃。

一只蜜蜂加一只蜜蜂

不等于两只

光明或昏暗的蜜蜂:

等于一个太阳系,

一间黄玉的主卧,

一种危险的抚摩。

琥珀的第一个惊恐
是两只黄色的蜜蜂
系在它们身上的
是太阳每日的劳动:
向它们揭示我这么多滑稽的
秘密,令我义愤填膺。

它们不停地向我提问
问我和猫的关系,
我如何发现了彩虹,
有贡献的栗子
为什么浑身带刺,
尤其要告诉它们
癞蛤蟆对我的看法,
还有那些动物,它们
隐藏在树林的芳香
和坟墓的脓疮下。

的确,在智者中
我是唯一无知的人
而在知之不多的人中间
我总是知之更少一点

我的智慧即我学到的
知识，多么可怜。

蜜蜂（Ⅱ）

在帕塔哥尼亚有一座
蜜蜂的坟墓，那是我的故土，
蜜蜂背着蜂蜜归来
多么甜蜜地赴死。

那是一个多暴风雨的地区
像抛石机一样弯曲
常年伴着彩虹
多么像山鸡的尾羽：
河流的跳跃在咆哮，
浪花像野兔般欢跳，
伴随周围的孤独
风在扩张并呼叫：
四望无际的大草原
白雪将口填满
腹部五彩斑斓。

一只接一只到那里，

一百万接一百万,

所有的蜜蜂都去死

直至大地上布满

黄色的大山。它们的芳香

我永记心间。

六　悲惨世纪

流放者的世纪,

流放者的书,

褐色的世纪,黑色的书,

这是我应在书里

写下并公布的东西,

从这世纪中将它挖掘

并让它在书中留下斑斑血迹。

我曾生活在森林中

迷失者的荆棘丛:

在各种惩罚的森林里。

我数过被砍断的手

骨灰堆成的山峰

分别的抽泣

没有头的头发

没有眼的眼镜。

后来我在世界
寻找失去祖国的人们
我从那里
带走他们被打倒的小旗
或雅各①的星星
或可怜的留影。

我同样见识过流放。

但我天生是个行者
两手空空
回到这认可我的海洋，
但依然是他者
是被根除者，
他们将爱与过失
留在身后
想着或许或许
知道永无永无出头之日
于是轮到我抽泣

---

① 雅各是《圣经》中的人物，是犹太人的祖先之一，"雅各的星星"代表非犹太人将认可耶稣是救世主的预言。

这是失去故土的人们
沾满灰尘的抽泣
他们和我的兄弟姐妹
（留在那里的人们）
共同庆贺胜利的建构
庆贺新的面包的丰收。

燃烧的剑 ①

(1970)

二十二 爱情

无人像两个孤独的人那样了解
两个同命运的人,两个倒数第二的人,
两个找不到另一个与其相似之人的人,
谁也想不到,远离他们的祖籍,
一个男人和一个女人重建了大地。

两个人在全面的孤独中,受到
仇恨和暴风雨的攻击
在黑色的枝叶下继续遭罪
寻求外面无限的清晰
直至只在其自身及其自身的火里,
身体挨着身体,受手臂和亲吻的打击

---

① 选译两首。

渐渐发现一条似生命般漫长的隧道
在唯一的路上，将其连在一起，为其打下印记，
暗中埋伏的树林用不怀好意的眼睛
将他们惊吓，伤害，监视
直至他们继续坠入快乐
带着大地的全部重量在自己的骨骼。

恐惧、爱情、痛苦打击他们
一次又一次的燃烧将他们惊醒
让他们消失在不知不觉之中。

二十七　镣铐

他们不说话只为一声呐喊，
不行走只为接近并跌倒，
只触摸每个人的皮肤，
只咬对方的口，
只看自己的眼睛，
不燃烧煤炭只燃烧自己的血管，
与此同时残忍的王国在颤抖，
帕塔哥尼亚之风的残酷在激增，
雪地残酷的苹果在滚动。

对于恋人，什么也没有。
他们是自己激情的俘虏
是自己伊甸园里的囚徒。

他们曾戴着镣铐归来
每一步都走向孤独。

所有的果实都是禁果
他们吞食了一切，
乃至自身血液的花朵。

无用地理学[1]

(1972)

樱桃

发生在那个月,那个祖国。

发生的那件事出乎意料,
但就是这样:一天又一天
那个国家遍地是樱桃。

雄性的时间很固执
被极地的吻
剥去了面皮:无人怀疑
我在黑暗中的采集
(死去的金属,火山的骨骼,
如此浑浊的寂静

---

[1] 选译两首。

蒙着岛屿的眼睛）

悬崖间

不折不扣的迷宫

除了积雪没有别的出路

当一阵蜂巢的风毫无征兆地到来

并带来旗帜寻觅的色彩。

世界在从樱桃到樱桃之间变化。

如果有人质疑

我请他同意审查

我的意志，我透明的心田，

因为，我拥有隐蔽的樱桃，

尽管风吹走了夏天。

从那时起

致何塞·卡瓦耶罗[①]

我再也看不见那么多人，

为什么？

[①] 何塞·卡瓦耶罗（José Caballero，1915—1991），西班牙从超现实主义演变到抽象派的画家。

他们在时间里溶解。
他们已化作无有。

已看不见那么多事情，
它们也看不见我。为什么？

在城郊产油的那些街道
那里有葡萄酒桶、绳索
和漂浮的奶酪。

我离开了月亮街
和圣诞酒馆。

看不见费德里科①。
为什么？

米格尔·埃尔南德斯②
像坚硬的岩石跌落水中，
跌落坚硬的水中。
米格尔同样失踪。

---

① 指费德里科·加西亚·洛尔卡。
② 米格尔·埃尔南德斯（Miguel Hernández，1910—1942），西班牙著名诗人、共和国战士，死在佛朗哥狱中。

我所爱的那些事物，给我
留下来的是何等的少
为了活着，看得见，摸得着。

我为何不再看一月的寒冷，
就像一只
来自瓜达拉玛的狼
用舌头舔我，
用刀子割我？
为什么？

我为何看不见卡瓦耶罗，
大地和天空的画家，
一只手在痛苦中
而另一只却沐浴着光明？

我看得见他。

或许他更深入大地，
色彩，寂静，
爱恋，橙黄，
幸存的太阳。
就是这样。

我通过他又看到
已经永不再看的生命。
我没有失掉的幸福
（因为后来通过斗争
学会了多少事情）。

通过他的墨水炽热
和陶土发狂，
通过揭示他的
纯洁的光芒，

看到我曾经热爱
又未丧失且依然热爱的事情：
街道，土地，甜蜜，寒冷，
阴森森的大广场，
带着高脚酒杯的时光。

地面上一朵白玫瑰
在将鲜血流淌。

海与钟 [1]

(1973)

初始

为了过而过的不是日子,
是为了痛苦的痛苦:
时间不长皱纹,
不会磨损:
大海,大海说,
说个不停,
大地,大地说:
那个人在等。
只有
他的钟
在同类之间
在空虚中

---

[1] 选译五首。

保持不可通融的寂静
当它抬起自己的金属之舌
才会将声波一圈一圈地发送。

我曾有多少事情，
在世上跪行，
在这里，赤条条，
只剩下大海
严酷的中午，和一口钟。

它们将受苦的声音给我
并提醒我不要前行。

这在整个世界都会发生：

空间继续。

海洋活着。

存在许多的钟。

归来

我有那么多死神的侧影，
因而我没有死，
对于死我无能为力，
他们找我却难相逢
而我和自己的死神，
我的迷失的马匹
那可怜的命运
在孤独的马驹中
从南美洲南部逃离：
刮着铁的风，
树木从出生
就弯屈：
它们要亲吻
平原，大地；
然后雪来了
似数以千计的剑
从不停息。
我回来了
从要去的地方，
从明天星期五，

我回来过

带着自己所有的钟

站在那里

寻找草原，

亲吻苦涩的泥土

宛若弯屈的灌木。

因为顺从冬季

实属必须，

同样让风

生长在你心里，

直至降雪，

今天与那天

风与过去连在一起，

寒冷降临，

最终只剩下我们自己，

我们终于沉默不语。

谢天谢地。

当我清晰地决定

当我清晰地决定

手挽手寻找

掷色子的不幸，

我遇到了陪伴我的女人
哪管阴云、寂静,
黑夜、涨潮、刮风。

此人就是玛蒂尔德,
从齐岩①
就叫这个名字,
下雨、打雷
或白天带蓝发出去
或受困的夜晚,
她,无论如何,
随时准备
迎接我的爱抚,
我的空间,
将大海所有的窗户打开
让写好的话语归来,
让所有的家具
充满寂静的符号,
和绿色的火苗。

---

① 齐岩(Chillán),玛蒂尔德的出生地琴查马利所在的城市。

我将告诉你们

我将告诉你们我曾住在城里
在一条以舰长名字命名的街道,
街上有聚集的人群,
鞋铺,酒馆,
充满红宝石的商店。
来去行走不便,
人满为患,
有的吃有的吐有的喘,
有的买卖衣衫。
我觉得一切都光彩夺目,
一切都火光熊熊
一切都很响亮
似乎要使人耳聋或失明。
离开这条街很久了,
很久没听到它的任何消息了,
我已改变了风格,
生活在岩石和水的运动中。
那条街或许
已自然地化作亡灵。

大使

我住在智利圣地亚哥
一条胡同里
猫狗都到那里撒尿。
那是一九二五年。
我和诗歌关在一起
陶醉于阿尔贝·萨曼①的花园,
豪华的亨利·德·雷尼耶②
马拉美③蓝色的折扇。

对付市郊千万只狗的小便
什么也不如地地道道的
玻璃更好,它有纯洁的品质,
外加光明和蓝天:
法国的窗户,寒冷的公园

---

① 阿尔贝·萨曼(Albert Samain, 1858—1900),法国诗人,代表作是《在公主的花园里》。
② 亨利·德·雷尼耶(Henri de Régnier, 1864—1936),法国二十世纪初的重要诗人,出身于一个古老的诺曼底家庭。他有着贵族的气派和趣味,1911年当选为法兰西学院院士。
③ 马拉美(Stéphane Mallarmé, 1842—1898),法国象征主义诗人。

那里有完美的雕像
——那是1925年——
他们在交换大理石的衬衫,
在诸多优雅的世纪面前
古香古色,温和柔软。

在那条胡同,我很快活。

后来,多年以后,
我作为"大使"来到了"花园"。

诗人们已经走了。

雕像们认不出我的容颜。

分离的玫瑰[1]

(1972)

五　岛

风造就了大海所有的岛屿。

但是在这里,加冕者,至尊者,生动的风,
收拢了翅膀,建立了自己的住房:
从小小的复活节岛分封了它的领地,
它吹向四处,向同一空间
体现自己的天赋,向东,向西,
直至建立纯洁的胚胎,
直至长出根须。

---

[1] 选译五首。

十六　人

我，疲惫者，破碎者，
人群中的孤儿，
水泥人，
拥挤餐厅的入伙者，
总想走得更远，
不知在岛上该做什么，想
又不想留下或回去，
犹豫者，混杂者，缠绕于自身，
在此无处容身：石头的正直，
冰雹多棱镜无限的目光，
完整的孤独，这一切将他驱逐：
他满怀忧伤去别的地方，
返回故土的挣扎，
返回寒冷与夏日的彷徨。

十八　人

像出水之物，赤裸，常胜，
白金的眼皮，盐的爆裂之声，

海藻，颤抖的鱼，生动的剑，
我，离开他人，离开
被分隔的岛屿，我走了
沐浴着光明
如果我属于那些群体，
属于那些成群出入的人们，
属于同样的旅途，属于后代子孙，
我承认自己对土地执着的亲情
受到大洋曙光的欢迎。

二十二 岛

亲爱的，亲爱的，多少次大海
像距离和白雪将你与我分开，
你小巧而又神秘，被永恒包围，
神秘的玫瑰啊，
我不仅感谢你少女的眼神，
隐藏的白皙，还要感谢
你的雕像的道德之光，
你丢在我手上的和平：
白昼停在你的喉咙。

二十四　岛

再见了，再见吧，秘密的岛屿，
纯洁的玫瑰，黄金的脐心：
我们一批又一批地返回
自己穿着丧服的职业的使命。

再见了！愿大洋将你珍藏
远离我们贫瘠坎坷的地方。

仇恨孤独的时刻已经来到：
岛屿啊，请藏好古老的钥匙
在那些骷髅下，
他们斥责我们无用的占领
直至化作尘埃
在自己的石穴中。

我们回去。这赠与并失去的告别，
是又一次告别
只有留在那里的庄重，
大海中央宁静的无动于衷：
上百个岩石的目光注视着内心，
注视着天边的永恒。

附 录

在接受诺贝尔文学奖时的演说(节选)

女士们、先生们:

我没有从书本上学到任何作诗的诀窍;我也不会把什么奉告、方法或风格之类的东西印成书本,新的诗人不会从我这里得到一点一滴的所谓智慧结晶。如果我在这篇演说中叙述了某些往事,如果我在这个极不寻常的场合和地点回顾了某个难以忘怀的故事,那是因为在我人生的旅途中,总是在某个地方得到必要的信念,得到那等候着我的方案,这并不是为使我的发言变得充实,而是为了表达自己的感情。

在漫长的旅途中,我找到了炮制诗歌必要的配方。那是大地和心灵对我的奉献。我认为诗歌是一时的、庄严的举动,孤独与声援、情感与行为、个人的苦衷、人类的私情、造化的暗示在诗歌中同时展开。我同样坚信,一切——人及其影子、人及其态度、人及其诗歌——都维持在一个日趋广阔的范畴里,维持在一种永远构成我们的现实和梦幻的活动中,因为这样便能将它们联系在一起,融合在一起。我同样肯定地说,经过这么多年之后,我们不知道自己在渡过湍急的河流,围着牛的头盖骨跳舞以及在最高地带圣洁的水中沐浴时所得到的启示,究竟是为了日后与其他人交流而发自内心的灵感,还是其他人作为要求和召唤而向我传递的信息。我不知道那究竟是我的经历还是我的创作，不知道我当时所创作的诗句以及后来所吟咏的感受究竟是事实还是诗歌，是过渡还是永恒。

朋友们，由此产生了一种诗人应当从其他人身上学到的启示：没有冲不破的孤独。条条道路汇合到同一点：我们的交流。只有打破孤独、坎坷、闭塞和寂寞，才能达到神奇的境界，我们才能在那里笨拙地舞蹈或伤心地歌唱；意识最古老的传统得到了完美的体现，这是作为人的意识和相信共同命运的传统。

的确，即使某些人或者许多人都认为我是个宗派主义者，认为我不可能出席友谊和信义的共同筵宴，我也不愿为自己申辩，我认为指控或者申辩都不包括在诗人的义务之中。更何况任何诗人都不曾是诗歌的经营者，如果他们中间有人专门指控同行，或者想以反驳合理的或者荒谬的责备来消磨一生，我坚信只有空虚才能将我们引入这样的歧途。我认为诗歌的敌人并不在那些创作或保卫诗歌的人们中间，而在于诗人自己缺乏和谐。因此，任何诗人的实质性的敌人都只在于他自己的无能，在与最受愚弄和最受剥削的同辈人相互理解方面的无能，这一点对任何时代和任何地区都是适用的。

诗人并不是一个"小小的上帝"。不是，不是"小小的上帝"。诗人并非命中注定地要比从事其他工作或职业的人高明。我常说最好的诗人就是每天为我们提供面包的人：离我们最近的面包师，他并不认为自己是上帝。他要完成既高尚又平凡的工作，作为公共义务，他每天都要和面，装炉，烘烤，送货。如果诗人也有这种朴实的意识，他同样会使自己变成一种美好工艺，一种简单或复杂建设的组成部分，这种建设是社会的建设，是人们生活条件的转变，是商品的供应：面包，真理，酒和梦想。如果诗人投身于这场没有止境的斗争，其目的是使每个人都为他人尽义务，都将自己的精力和感情献给人类共同的日常工作，他就会分享全人类的汗水，面包，酒和梦想。只有沿着这条普通人不可回避的道路，我们才能使诗歌重返广阔的天地，这正是人们在各个时代为它开辟的天地，也就是我们要在各个时代为它开辟的天地。

将我引向相对真理的谬误以及一再将我引向谬误的真理，它们从未允许我——我对此也从未抱过奢望——指导所谓创作的过程，也就是文学的崎岖小径。不过，我倒是真的发现了一件事情：我们在创造自我愚弄的神话。在我们自己所制造或者要制造的泥塘中，会产生阻止我们将来发展的重重障碍。我们不可避免地要走向现实主义道路，就是说，对于我们周围的事物及其转化的过程，势必会产生直觉，然后在似乎为时已晚的时候便会懂得，我们造成了一种如此夸大的局限性，以致扼杀了生命，而不是使它发展和繁荣。我们不得不接受一种现实主义，事后它对我们来说，比建设用砖还要沉重，当然我们并没有因此而建成作为自己全部义务的大厦。从相反的意义上说，如果我们创造了不可思议的（或者只有极少数人能够理解的）偶像，如果创造了这种精雕细镂却又莫名其妙的偶像，我们立刻就会陷入难以自拔的沼泽，那里充满令人战栗的落叶、淤泥、迷雾，我们的双脚会越陷越深，一种令人窒息的闭塞会将我们吞没。

至于我们这些人，作为幅员辽阔的美洲的作家们，我们坚持不懈地听从召唤，用有血有肉的人物来充实这巨大的空间。我们对自己作为开拓者的义务非常清醒——同时，在一个人烟稀少的世界中，批评报道是我们的基本职责，在这个世界上，并不因为人烟稀少而缺乏酷刑、痛苦和不公正——而且我们也感到了搜集古老梦想的使命，这种梦想沉睡在石雕上，在古老的断碣残碑上以便将来别人可以安置新的标记。

不管是真理还是谬误，我都要将诗人的这种职责扩展到最大限度，因而我决定了自己在社会当中和在人生面前的态度，同样应当是平凡而又自成体系的。目睹光荣的失败、孤独的胜利和暗淡的挫折，我做出了这样的决定。置身于美洲斗争的舞台，我懂得自己对人类的职责就是投入到组织起来的人民的巨大努力之中，将自己的心血和灵魂、热情与希望全部投入进去，因为作家和人民所需要的变革只有在这汹涌澎湃的激流中才能诞生。尽管我的立场会引起或者已经引起令人痛心或者出于好意的责备，然而事实是，在我们这些辽阔而又残酷的国度里，如果我们想驱除黑暗，如果我们想叫千百万不能阅读我们的作品而且根本就不会阅读的人，叫那些不会给我们写信而且根本就不会动笔的人在尊严的领地上自立——没有尊严便不可能成为完整的人——那么对于作家来说，除此之外，我还没找到别的道路。

我们继承了数百年拖着镣铐的人民的不幸的生活，这是最天真的人民，最纯洁的人民，曾经用岩石和金属造就了奇迹般的塔楼和光彩夺目的珠宝的人民：突然被至今尚存的可怕的殖民主义时代征服并失去了声音的人民。

我们主要的救星就是斗争和希望。但是斗争和希望不会是孤立的。遥远的时代，麻木不仁，谬误，热情，我们今天的迫切需要，历史的迅猛发展，都集中在人的身上。但是，比方说，如果我只是对伟大的美洲大陆过去的封建制度做出了某种贡献，那我会怎么样呢？如果我不是自豪地感到对祖国目前的变革尽了微薄的力量，又如何抬得起由于瑞典授予我的荣誉而容光焕发的额头呢？应该看一看美洲地图，应该正视那伟大的万千气象，正视我们周围环境的宏伟壮观，这样便会懂得为什么许多作家拒不接受昏聩的天神们强加给美洲人民的耻辱和被掠夺的过去。

我选择了分担义务的困难道路，不愿对普照社会的中心人物顶礼膜拜，情愿虚心地将我的能力献给那支大军，它在征途中会犯各种错误，但却时刻不停地前进，既要对付不合时宜的顽症，又要对付急不可耐的狂徒。因为我认为，诗人的职责不仅向我表明了与玫瑰、和谐、狂热爱恋和无限乡愁的密切关系，同时也向我表明了与人类艰巨任务的密切关系，我已经将这种任务与自己的诗歌融为一体。

恰恰是在一百年前的今天，一位可怜而又卓越的诗人，一个最痛苦的失望者，写下了这样的预言：黎明的时候，怀着火热的耐心，我们将开进光辉的城镇。

我相信兰波的预言，他有预见性。我来自一个偏僻的省份，由于地理条件，这个国家与世隔绝。我曾经是诗人中最孤单的人，我的诗歌是地区性的，痛苦的，阴雨连绵的。然而我对人类却一向充满信心。我从未失去希望。也许正因为如此，我才能带着我的诗歌，同时也带着我的旗帜来到此地。

最后，我要告诉善良的人们，告诉劳动者和诗人们，兰波的那句诗表明了整个前途：只有怀着火热的耐心，我们才能攻克那光辉的城镇，它将给人类以尊严、正义和光明。

这样，诗歌才不会是徒劳的吟唱。

巴勃罗·聂鲁达生平年表[①]

1904　7月12日出生于智利帕拉尔。
1910　进入特木科中学。
1915　写作了第一首诗,献给继母。
1917　第一次发表文章。
1920　结识加夫列拉·米斯特拉尔。确定以巴勃罗·聂鲁达为笔名进行创作。中学毕业,到圣地亚哥寻找大学。
1921　进入大学学习。诗歌《节日之歌》获得智利学生联合会主办的诗歌比赛一等奖。
1923　第一本诗集《晚霞》出版。
1924　《二十首情诗和一支绝望的歌》出版。
1925　发表《奇男子的尝试》。
1926　出版《戒指》和小说《居民及其希望》。
1927　任驻仰光领事。
1930　在雅加达同玛丽娅·安东涅塔·哈格纳尔结婚。
1931　结束在东方的领事生涯。
1932　回到智利。

---

① 根据聂鲁达官方网站所辑译出。

1933　《热情的投石手》《大地上的居所》(1925—1931)出版。任驻布宜诺斯艾利斯领事。结识加西亚·洛尔卡。

1934　任驻巴塞罗那领事。由加西亚·洛尔卡介绍,在马德里大学举行诗歌朗诵会,并作演讲。认识黛丽娅·德尔·卡利尔。

1935　任驻马德里领事。西班牙出版《西班牙诗人向巴勃罗·聂鲁达致敬》。《大地上的居所》(1925—1935)在西班牙出版。

1936　西班牙内战爆发,开始写作《西班牙在心中》。被免去驻马德里领事一职。同第一任妻子分居。同黛丽娅结合。

1937　在法国成立支援西班牙委员会。回到智利。《西班牙在心中》在圣地亚哥出版。

1939　任智利驻法国负责西班牙移民事务的领事。部分西班牙流亡者乘坐"温尼伯号"离开欧洲,到智利生活。《愤怒与痛苦》在圣地亚哥出版。

1940　《巴勃罗·聂鲁达的诗歌与风格》出版。任智利驻墨西哥总领事。

1943　领事生涯结束。《智利漫歌:片段》在墨西哥城出版。

1945　被选为参议员。获智利国家文学奖。

1946　认识玛蒂尔德·乌鲁蒂娅。

1947　《第三居所》(1935—1945)在布宜诺斯艾利斯出版;《马丘比丘高度》在圣地亚哥出版。

1948　在参议院发表演说《我控诉》。被智利最高法院剥夺议员特权,遭全国通缉。

1949　翻越安第斯山,逃出智利,开始海外流亡。

1950　《漫歌》在墨西哥城出版。

1952　《船长的诗》在意大利匿名出版。流亡结束，回到智利。

1954　庆祝五十诞辰。《葡萄和风》在圣地亚哥出版；《元素的颂歌》在布宜诺斯艾利斯出版。将藏书和贝壳等其他收藏品赠与智利大学。

1955　同黛丽娅分手，和玛蒂尔德搬进"拉恰斯高纳"。

1957　在布宜诺斯艾利斯出版《颂歌第三集》。

1958　在布宜诺斯艾利斯出版《遐想集》。

1959　在布宜诺斯艾利斯出版《出海与返航》；在圣地亚哥出版《爱情十四行诗一百首》。

1960　在古巴出版《伟业之歌》。

1961　《二十首情诗和一支绝望的歌》出版第一百万册。在布宜诺斯艾利斯出版《智利的岩石》；在同一家出版社出版《典礼之歌》。

1962　在布宜诺斯艾利斯出版《全权》。

1964　庆祝六十寿辰。在布宜诺斯艾利斯出版诗体回忆录《黑岛纪事》。

1965　获牛津大学哲学与文学荣誉博士学位。

1966　同玛蒂尔德办理法定结婚手续。在圣地亚哥出版《鸟的艺术》；在巴塞罗那出版《沙滩上的房屋》。出席在美国举行的世界笔会。

1967　玛格丽塔·阿吉雷为聂鲁达所写传记出版。在圣地亚哥出版《华金·穆列塔的光辉与死亡：1853年7月23日在加利福尼亚被不公正处决的强盗》；在布宜诺斯艾利斯出版《船歌》。

1968　在布宜诺斯艾利斯出版《白昼之手》。获美国文学艺术学院名誉院士称号。

1969　在圣地亚哥出版《世界末日》《依然》。获智利议会银质奖章。获智利天主教大学荣誉博士学位。被提名为总统候选人。

1970　在圣地亚哥发表《海啸》；在布宜诺斯艾利斯出版《燃烧的剑》《天空的石头》。

1971　任驻法国大使。10月21日获诺贝尔文学奖。

1972　在布宜诺斯艾利斯出版《无用地理学》《分离的玫瑰》。

1973　9月23日在圣地亚哥逝世。在布宜诺斯艾利斯出版《处死尼克松和赞美智利革命》《海与钟》。

聂鲁达的遗著《冬天的花园》《黄色的心》《2000年》《疑难集》《挽歌》《挑眼集》于1974年出版。这六本诗集写于诗人生前最后几年，他本想在1974年七十岁生日时一齐出版，作为献给智利人民的礼物。此外，他的遗著还有1974年出版的回忆录《我坦言我曾历尽沧桑》和1978年出版的《爱情书信集》以及《我命该出世》，1980年出版的青年时期的诗文集《看不见的河流》，1996年出版的《特木科笔记》和2002年出版的《我控诉：议会演说集》（1945—1948）。

聂鲁达和玛蒂尔德的遗体于1992年一同迁回黑岛安葬。

译后记

今年是聂鲁达逝世五十周年。在考虑如何纪念他诞生一百二十周年和《二十首情诗和一支绝望的歌》出版一百周年时，我想在过去编译版本的基础上补充一些新译。

应商务印书馆之邀，我新译了两千多行，主要有《大地上的居所》和《第三居所》里的两首奏鸣曲，《元素的颂歌》和《元素的新颂歌》里的番茄、服装、海岸仙人掌、太阳、印第安人小麦和惠特曼的颂歌，《遐想集》里的《秋天的遗嘱》，《典礼之歌》里的《西方的侄子》《帕伊塔未下葬的女子》等。其中《秋天的遗嘱》和《帕伊塔未下葬的女子》是两首组诗，前者由十一首诗组成，后者全名为《帕伊塔未下葬的女子——献给玻利瓦尔的情人玛努艾拉·萨恩斯的挽歌》，由二十二首短诗组成。还有一点，要说明一下：这里从《漫歌》中选的两首长诗，《伐木者醒来》和《我是》（节选），原本是张广森老师译的，这次在下重译了，也算"新译"吧。

聂鲁达的诗集有几十部，我并没有通读过，更没有进行过全面深入的研究，只是从他不同时期的诗作中选译了自认为是具有代表性的作品。希望通过这部选集，使人们对聂鲁达的诗歌创作和心路历程有一个较为准确、全面的认识。由于水平和时间所限,编选和翻译都难免疏漏和谬误,敬请同行和读者们批评指正。

译者

2023 年 12 月 31 日

汉译文学名著

第一辑书目（30种）

伊索寓言	〔古希腊〕伊索著　王焕生译
一千零一夜	李唯中译
托尔梅斯河的拉撒路	〔西〕佚名著　盛力译
培根随笔全集	〔英〕弗朗西斯·培根著　李家真译注
伯爵家书	〔英〕切斯特菲尔德著　杨士虎译
弃儿汤姆·琼斯史	〔英〕亨利·菲尔丁著　张谷若译
少年维特的烦恼	〔德〕歌德著　杨武能译
傲慢与偏见	〔英〕简·奥斯丁著　张玲、张扬译
红与黑	〔法〕斯当达著　罗新璋译
欧也妮·葛朗台 高老头	〔法〕巴尔扎克著　傅雷译
普希金诗选	〔俄〕普希金著　刘文飞译
巴黎圣母院	〔法〕雨果著　潘丽珍译
大卫·考坡菲	〔英〕查尔斯·狄更斯著　张谷若译
双城记	〔英〕查尔斯·狄更斯著　张玲、张扬译
呼啸山庄	〔英〕爱米丽·勃朗特著　张玲、张扬译
猎人笔记	〔俄〕屠格涅夫著　力冈译
恶之花	〔法〕夏尔·波德莱尔著　郭宏安译
茶花女	〔法〕小仲马著　郑克鲁译
战争与和平	〔俄〕列夫·托尔斯泰著　张捷译
德伯家的苔丝	〔英〕托马斯·哈代著　张谷若译
伤心之家	〔爱尔兰〕萧伯纳著　张谷若译
尼尔斯骑鹅旅行记	〔瑞典〕塞尔玛·拉格洛夫著　石琴娥译
泰戈尔诗选：新月集·飞鸟集	〔印〕泰戈尔著　郑振铎译
生命与希望之歌	〔尼加拉瓜〕鲁文·达里奥著　赵振江译
孤寂深渊	〔英〕拉德克利夫·霍尔著　张玲、张扬译
泪与笑	〔黎巴嫩〕纪伯伦著　李唯中译
血的婚礼——加西亚·洛尔迦戏剧选	〔西〕费德里科·加西亚·洛尔迦著　赵振江译
小王子	〔法〕圣埃克苏佩里著　郑克鲁译
鼠疫	〔法〕阿尔贝·加缪著　李玉民译
局外人	〔法〕阿尔贝·加缪著　李玉民译

第二辑书目（30种）

枕草子	〔日〕清少纳言著　周作人译
尼伯龙人之歌	佚名著　安书祉译
萨迦选集	石琴娥等译
亚瑟王之死	〔英〕托马斯·马洛礼著　黄素封译
呆厮国志	〔英〕亚历山大·蒲柏著　李家真译注
波斯人信札	〔法〕孟德斯鸠著　梁守锵译
东方来信——蒙太古夫人书信集	〔英〕蒙太古夫人著　冯环译
忏悔录	〔法〕卢梭著　李平沤译
阴谋与爱情	〔德〕席勒著　杨武能译
雪莱抒情诗选	〔英〕雪莱著　杨熙龄译
幻灭	〔法〕巴尔扎克著　傅雷译
雨果诗选	〔法〕雨果著　程曾厚译
爱伦·坡短篇小说全集	〔美〕爱伦·坡著　曹明伦译
名利场	〔英〕萨克雷著　杨必译
游美札记	〔英〕查尔斯·狄更斯著　张谷若译
巴黎的忧郁	〔法〕夏尔·波德莱尔著　郭宏安译
卡拉马佐夫兄弟	〔俄〕陀思妥耶夫斯基著　徐振亚、冯增义译
安娜·卡列尼娜	〔俄〕列夫·托尔斯泰著　力冈译
还乡	〔英〕托马斯·哈代著　张谷若译
无名的裘德	〔英〕托马斯·哈代著　张谷若译
快乐王子——王尔德童话全集	〔英〕奥斯卡·王尔德著　李家真译
理想丈夫	〔英〕奥斯卡·王尔德著　许渊冲译
莎乐美　文德美夫人的扇子	〔英〕奥斯卡·王尔德著　许渊冲译
原来如此的故事	〔英〕吉卜林著　曹明伦译
缎子鞋	〔法〕保尔·克洛岱尔著　余中先译
昨日世界：一个欧洲人的回忆	〔奥〕斯蒂芬·茨威格著　史行果译
先知　沙与沫	〔黎巴嫩〕纪伯伦著　李唯中译
诉讼	〔奥〕弗兰茨·卡夫卡著　章国锋译
老人与海	〔美〕欧内斯特·海明威著　吴钧燮译
烦恼的冬天	〔美〕约翰·斯坦贝克著　吴钧燮译

第三辑书目（40种）

书名	作者	译者
埃达	〔冰岛〕佚名著	石琴娥、斯文译
徒然草	〔日〕吉田兼好著	王以铸译
乌托邦	〔英〕托马斯·莫尔著	戴镏龄译
罗密欧与朱丽叶	〔英〕莎士比亚著	朱生豪译
李尔王	〔英〕莎士比亚著	朱生豪译
大洋国	〔英〕哈林顿著	何新译
论批评 云鬈劫	〔英〕亚历山大·蒲柏著	李家真译注
论人	〔英〕亚历山大·蒲柏著	李家真译注
亲和力	〔德〕歌德著	高中甫译
大尉的女儿	〔俄〕普希金著	刘文飞译
悲惨世界	〔法〕雨果著	潘丽珍译
安徒生童话与故事全集	〔丹麦〕安徒生著	石琴娥译
死魂灵	〔俄〕果戈理著	郑海凌译
瓦尔登湖	〔美〕亨利·大卫·梭罗著	李家真译注
罪与罚	〔俄〕陀思妥耶夫斯基著	力冈、袁亚楠译
生活之路	〔俄〕列夫·托尔斯泰著	王志耕译
小妇人	〔美〕路易莎·梅·奥尔科特著	贾辉丰译
生命之用	〔英〕约翰·卢伯克著	曹明伦译
哈代中短篇小说选	〔英〕托马斯·哈代著	张玲、张扬译
卡斯特桥市长	〔英〕托马斯·哈代著	张玲、张扬译
一生	〔法〕莫泊桑著	盛澄华译
莫泊桑短篇小说选	〔法〕莫泊桑著	柳鸣九译
多利安·格雷的画像	〔英〕奥斯卡·王尔德著	李家真译注
苹果车——政治狂想曲	〔英〕萧伯纳著	老舍译
伊坦·弗洛美	〔美〕伊迪斯·华尔顿著	吕叔湘译
施尼茨勒中短篇小说选	〔奥〕阿图尔·施尼茨勒著	高中甫译
约翰·克利斯朵夫	〔法〕罗曼·罗兰著	傅雷译
童年	〔苏联〕高尔基著	郭家申译
在人间	〔苏联〕高尔基著	郭家申译
我的大学	〔苏联〕高尔基著	郭家申译

地粮	〔法〕安德烈·纪德著	盛澄华译
在底层的人们	〔墨〕马里亚诺·阿苏埃拉著	吴广孝译
啊，拓荒者	〔美〕薇拉·凯瑟著	曹明伦译
云雀之歌	〔美〕薇拉·凯瑟著	曹明伦译
我的安东妮亚	〔美〕薇拉·凯瑟著	曹明伦译
绿山墙的安妮	〔加〕露西·莫德·蒙哥马利著	马爱农译
远方的花园——希梅内斯诗选	〔西〕胡安·拉蒙·希梅内斯著	赵振江译
城堡	〔奥〕弗兰茨·卡夫卡著	赵蓉恒译
飘	〔美〕玛格丽特·米切尔著	傅东华译
愤怒的葡萄	〔美〕约翰·斯坦贝克著	胡仲持译

第四辑书目（30种）

伊戈尔出征记		李锡胤译
莎士比亚诗歌全集——十四行诗及其他	〔英〕莎士比亚著	曹明伦译
伏尔泰小说选	〔法〕伏尔泰著	傅雷译
海上劳工	〔法〕雨果著	许钧译
海华沙之歌	〔美〕朗费罗著	王科一译
远大前程	〔英〕查尔斯·狄更斯著	王科一译
当代英雄	〔俄〕莱蒙托夫著	吕绍宗译
夏洛蒂·勃朗特书信	〔英〕夏洛蒂·勃朗特著	杨静远译
缅因森林	〔美〕梭罗著	李家真译注
鳕鱼海岬	〔美〕梭罗著	李家真译注
黑骏马	〔英〕安娜·休厄尔著	马爱农译
地下室手记	〔俄〕陀思妥耶夫斯基著	刘文飞译
复活	〔俄〕列夫·托尔斯泰著	力冈译
乌有乡消息	〔英〕威廉·莫里斯著	黄嘉德译
生命之乐	〔英〕约翰·卢伯克著	曹明伦译
都德短篇小说选	〔法〕都德著	柳鸣九译
无足轻重的女人	〔英〕奥斯卡·王尔德著	许渊冲译
巴杜亚公爵夫人	〔英〕奥斯卡·王尔德著	许渊冲译
美之陨落：王尔德书信集	〔英〕奥斯卡·王尔德著	孙宜学译
名人传	〔法〕罗曼·罗兰著	傅雷译
伪币制造者	〔法〕安德烈·纪德著	盛澄华译
弗罗斯特诗全集	〔美〕弗罗斯特著	曹明伦译

弗罗斯特文集	〔美〕弗罗斯特著	曹明伦译
卡斯蒂利亚的田野：马查多诗选	〔西〕安东尼奥·马查多著	赵振江译
人类群星闪耀时：十四幅历史人物画像		
	〔奥〕斯蒂芬·茨威格著	高中甫、潘子立译
被折断的翅膀：纪伯伦中短篇小说选	〔黎巴嫩〕纪伯伦著	李唯中译
蓝色的火焰：纪伯伦爱情书简	〔黎巴嫩〕纪伯伦著	薛庆国译
失踪者	〔奥〕弗兰茨·卡夫卡著	徐纪贵译
获而一无所获	〔美〕欧内斯特·海明威著	曹明伦译
第一人	〔法〕阿尔贝·加缪著	闫素伟译

第五辑书目（30种）

坎特伯雷故事	〔英〕乔叟著	李家真译注
暴风雨	〔英〕莎士比亚著	朱生豪译
仲夏夜之梦	〔英〕莎士比亚著	朱生豪译
山上的耶伯：霍尔堡喜剧五种	〔丹麦〕霍尔堡著	京不特译
华兹华斯叙事诗选	〔英〕威廉·华兹华斯著	秦立彦译
富兰克林自传	〔美〕富兰克林著	叶英译
别尔金小说集	〔俄〕普希金著	刘文飞译
三个火枪手	〔法〕大仲马著	江城子译
谁之罪？	〔俄〕赫尔岑著	郭家申译
两河一周	〔美〕梭罗著	李家真译注
伊万·伊里奇之死	〔俄〕列夫·托尔斯泰著	张猛译
蓝眼盗	〔墨〕阿尔塔米拉诺著	段若川、赵振江译
你往何处去	〔波兰〕亨利克·显克维奇著	林洪亮译
俊友	〔法〕莫泊桑著	李青崖译
认真最重要	〔英〕奥斯卡·王尔德著	许渊冲译
五重塔	〔日〕幸田露伴著	罗嘉译
窄门	〔法〕安德烈·纪德著	桂裕芳译
我们中的一员	〔美〕薇拉·凯瑟著	曹明伦译
薇拉·凯瑟短篇小说集	〔美〕薇拉·凯瑟著	曹明伦译
太阳宝库 船木松林	〔俄〕普里什文著	任子峰译
堂吉诃德之路	〔西〕阿索林著	王军译
给一个青年诗人的十封信	〔奥〕里尔克著	冯至译

与魔的搏斗：荷尔德林、克莱斯特、尼采
〔奥〕斯蒂芬·茨威格著　潘璐、任国强、郭颖杰译
幽禁的玫瑰：阿赫玛托娃诗选　〔俄〕安娜·阿赫玛托娃著　晴朗李寒译
日瓦戈医生　　　　　　　〔俄〕帕斯捷尔纳克著　力冈、冀刚译
总统先生　　　　　　〔危地马拉〕M.A.阿斯图里亚斯著　董燕生译
雪国　　　　　　　　　　　　〔日〕川端康成著　尚永清译
永别了，武器　　　　　　〔美〕欧内斯特·海明威著　曹明伦译
聂鲁达诗选　　　　　　　〔智利〕巴勃罗·聂鲁达著　赵振江译
西西弗神话　　　　　　　　〔法〕阿尔贝·加缪著　杜小真译

图书在版编目（CIP）数据

聂鲁达诗选 /（智）巴勃罗·聂鲁达著；赵振江译 . —北京：商务印书馆，2024
（汉译世界文学名著丛书）
ISBN 978-7-100-24019-2

Ⅰ. ①聂⋯　Ⅱ. ①巴⋯　②赵⋯　Ⅲ. ①诗集—智利—现代　Ⅳ. ① I784.25

中国国家版本馆 CIP 数据核字（2024）第 103126 号

权利保留，侵权必究。

汉译世界文学名著丛书
聂鲁达诗选
〔智利〕巴勃罗·聂鲁达　著
赵振江　译

商　务　印　书　馆　出　版
（北京王府井大街36号　邮政编码100710）
商　务　印　书　馆　发　行
北京市十月印刷有限公司印刷
ISBN 978 – 7 – 100 – 24019 – 2

2024年11月第1版	开本 850×1168　1/32
2024年11月北京第1次印刷	印张 12⅜

定价：58.00 元